**Na companhia dos homens**

**Véronique Tadjo**

# Na companhia dos homens

© Éditions Philippe Rey, 2018"
Esta edição é publicada em parceria com as Éditions Philippe Rey em conjunto com os seus agentes devidamente nomeados, Books And More Agency #BAM, Paris, França e Villas-Boas & Moss Agência Literária. Todos os direitos reservados."

ISBN: 978-65-87746-87-6 — Todos os direitos desta edição reservados à Malê Editora e Produtora Cultural Ltda.
Direção: Francisco Jorge & Vagner Amaro

Título original: En compagnie des hommes
Tradução: Carla M. C. Renard
Capa: Dandarra Santana
Diagramação: Maristela Meneghetti
Revisão: Louise Branquinho
Edição: Vagner Amaro

Texto revisado segundo o novo Acordo Ortográfico da Língua Portuguesa.
Proibida a reprodução, no todo, ou em parte, através de quaisquer meios.

Dados internacionais de catalogação na publicação (CIP) Vagner Amaro CRB-7/5224

> T121n Tadjo, Véronique
>    Na companhia dos homens / Véronique Tadjo. — Rio de Janeiro: Malê, 2022.
>    114 p.; 21 cm.
>    ISBN 978-65-87746-87-6
>
>    1. Literatura Costa-marfinense 2. Ebola (Doença) – Epidemiologia  I. Título            CDD — 896

Índice para catálogo sistemático: I. Romance: Literatura Costa-marfinense 896

2022
Editora Malê
Rua do Acre, 83, sala 202, Centro, Rio de Janeiro, RJ
contato@editoramale.com.br
www.editoramale.com.br

Cet ouvrage, publié dans le cadre du Programme d'Aide à la Publication année 2022 Carlos Drummond de Andrade de l'Ambassade de France au Brésil, bénéficie du soutien du Ministère de l'Europe et des Affaires étrangères.

Este livro, publicado no âmbito do Programa de Apoio à Publicação ano 2022 Carlos Drummond de Andrade da Embaixada da França no Brasil, contou com o apoio do Ministério francês da Europa e das Relações Exteriores.

"A catástrofe constitui um destino detestável que não queremos para nós, é preciso dizer. Por isso, devemos encará-la fixamente, sem nunca a perder de vista."

Jean-Pierre Dupuy,
*Pour un catastrophisme éclairé : quand l'impossible est certain*

"Andamos com uma faca apontada para as costas, com o sopro já inscrito no registro dos mortos; logo, nossos únicos talentos serão a imaginação e sua criatividade, que na desordem de dúvidas e vontades mantêm uma bela forma."

Jean-Pierre Siméon,
*Lettre à la femme aimée au sujet de la mort*

*Às vítimas da Guiné,
da Libéria e de Serra Leoa.
A todos aqueles que o Ebola tocou de perto ou
de longe, isto é, a nós, seres humanos.*

# O PRINCÍPIO

# I

"Vá, vá embora. Vá para a casa da sua tia, na capital. A aldeia está amaldiçoada. Não volte nunca mais". Ela enfiou algumas roupas em uma bolsa e pegou o dinheiro que ele lhe dava. Ela sabia que ele estava dando tudo o que sobrara. "Quando o ônibus parar na estação central, terá gente em tudo o que é lugar. Não se preocupe, sua tia estará lá para receber você. Não diga nada a ela. Não diga, de forma alguma, que estamos morrendo aqui. Ela ficaria assustada. Não diga que sua mãe e seus dois irmãozinhos estão gravemente doentes. Ela não entenderia. Fale pouco. Observe. Faça tudo o que ela pedir. Aproveite a oportunidade". Ele a abraçou rapidamente e partiu sem se virar.

# II

Duas crianças travessas em uma aldeia à beira da floresta foram caçar. Uma aldeia com grandes cubatas redondas, paredes de barro, telhados cônicos e camadas de palha configuradas como escadas que levam até ao céu. A floresta, imponente presença, protetora e nutritiva. Reino de forças misteriosas invisíveis a olho nu. Os aldeões viviam em meio à beleza e à mais absoluta miséria. Pela manhã, a névoa cobria o território, até a chegada do sol quente e úmido. Armados com estilingues, os meninos atiraram em tudo o que se movia. Em seguida, ergueram os olhos e viram uma colônia de morcegos adormecidos, de ponta-cabeça, em uma grande árvore de casca áspera. O frescor da folhagem formava uma muralha contra os raios de sol. Um dos garotos mirou e atingiu um animal. Este caiu e vários morcegos voaram, dando gritos agudos. Ele mirou de novo. Ouviu-se um som abafado no tapete de folhas mortas. O segundo garoto, por sua vez, também foi bem-sucedido. Um morcego caiu aos seus pés e começou a rastejar. Os pequenos caçadores apanharam suas presas e voltaram gloriosamente para a aldeia. Prepararam uma fogueira, empalaram a caça e a assaram depois de a terem temperado com pimenta e especiarias furtadas da cozinha da mãe. Não havia muito o que comer. Ossos duros e carne com sabor selvagem. Mas era o troféu deles.

Menos de um mês mais tarde, agonizavam. Sangue escorria através de todos os orifícios.

Quando alertado, o enfermeiro foi rapidamente ao local e parou imediatamente. Olhou para as crianças se contorcendo na cama. Sangue e muco manchavam o chão de terra batida. O ar fedia. Ao pai, disse: "Acima de tudo, não toque neles, não enxugue suas lágrimas. Não os abrace. Fique longe, você corre perigo, vou chamar a equipe". Ele descreveu brevemente a cena em um bloco de notas e correu para alertar seus superiores. Mas a mãe ficou ao lado da cama. Chorava enquanto acariciava os rostos dos filhos e lhes dava um pouco de água para beber.

Na casa de terra vermelha e telhado de chapa metálica ondulada, um corpinho, depois o outro, se livravam do sofrimento. Ninguém sabia. A equipe demorou para chegar. A mãe não podia mais ficar lá sem fazer nada. Foi até o curandeiro procurar plantas curativas. O homem declarou: "Há muitas mortes, não é normal. Esse mal vem de outro lugar. Estamos sendo atacados. É uma tragédia que ultrapassa meus conhecimentos. É preciso limpar a aldeia, fazer rituais de purificação". Mas ele teve piedade dela e deu decocções para os filhos.

O pai, de pé na frente da porta, continuava esperando a equipe sanitária. Deixou os filhos com a mãe, enquanto observava atentamente o desenrolar cotidiano da vida na aldeia. Os lavradores, com a enxada pendurada no ombro, iam em fila indiana para os campos. As mulheres voltavam do rio com latas de água na cabeça. Os meninos agarravam seus panos em guisa de saias e as seguiam, saltitando, com os pés empoeirados. Cabritos pastavam em um monte de lixo, enquanto galinhas cavavam o solo com os pés, em busca de minhocas. Ele olhou para o sol amarelo, as nuvens pesadas de chuva, e entendeu que a desgraça havia invadido suas vidas.

A equipe chegou. Os homens pegaram seus materiais. Começaram borrifando uma solução clorada no chão. O pai se afastou. Mandaram a mãe sair. Ela se recusou. Cercaram toda a casa com uma corda de segurança. Vizinhos corriam, agora, diante da cena. Era cedinho, seus rostos ainda estavam meio amassados e os panos, amarrados na altura do peito.

Os aldeões observavam de longe, silenciosamente reunidos sob as árvores. O pai e a mãe já pareciam fantasmas, pensavam. Mais uma família partia. Em geral, toda morte era anunciada com fúria. A notícia do falecimento se espalhava pela aldeia ao ritmo dos gritos. As mulheres se rolavam no chão, puxando os cabelos e berrando. Dessa vez, no entanto, nada, absolutamente nada. Tudo aconteceu em silêncio. Um silêncio espesso e ameaçador, augurando amanhãs ainda mais dolorosos. Com a morte dos dois meninos, a aldeia ficou paralisada, com um mau pressentimento. A mãe entrou com os filhos na ambulância. O pai nunca mais os viu vivos, nenhum deles. Ele só teve tempo de mandar a filha mais velha para longe dali. Nenhuma lágrima foi derramada. Ora, ele lutava pela sua própria sobrevivência.

# A ÁRVORE DAS PALAVRAS

# III

Nós, as árvores. Nossas raízes mergulham no coração da terra, cujo pulso sentimos bater. Respiramos seu hálito. Provamos sua carne. Nascemos e morremos no mesmo lugar, sem nunca nos afastarmos de nosso território. Prisioneiras e também donas do tempo, hirtas e esbeltas. Adaptamo-nos à chuva e ao bom tempo, às tempestades e ao harmatão, o vento seco. Nossos cimos desposam os sonhos algodoados do céu. Somos o elo que une os homens ao passado, ao presente e ao incerto amanhã.

Somos aquelas que sopram o hálito fresco da manhã. Nossa seiva é a força vital. Nossa alma, centenária. Vemos tudo. Sentimos tudo. Nossa memória é indivisível. Nossa consciência ultrapassa o tempo e o espaço. Conhecemos as mais belas e as mais tristes histórias, e testemunharemos outros ciclos de vida. É assim que se encaminha a passagem dos dias.

Estávamos aqui para durar. Estávamos aqui para esparramar nossa sombra nas terras mais remotas. Estávamos aqui para murmurar, em nossa folhagem, os segredos dos quatro cantos do mundo. Mas os seres humanos destruíram nossas esperanças. Onde quer que estejam, atacam a floresta. Nossos troncos desmoronam ao som de um trovão. Nossas raízes desnudadas choram pelo fim de nossos sonhos. Não se dizima a floresta sem derramar sangue. Os homens de hoje pensam que tudo podem. Acham-se os mestres, os arquitetos da natureza. Consideram-se os únicos habitantes legítimos do planeta, enquanto milhões de outras espécies vivem nele há milênios. Cegos ao sofrimento que infligem, calam-se diante de sua própria indiferença. É impossível parar sua voracidade. Devoram mais e mais, mesmo quando já têm tudo. E, saciados, voltam-se a outros desejos: alimentos, dinheiro, bugigangas. Esbanjam. Entre eles, disputam os recursos naturais. Cavam no ventre da terra. Mergulham nos oceanos. Irão até o fim.

Ah, se soubessem o quão penosa é a nossa dor! A energia sucumbe, a força se dissolve. Nós, as árvores, abrigamos um universo que é, em si, paradisíaco: pássaros e insetos, cipós, flores, musgos e liquens vêm se refugiar em nossos braços, em nossas cascas macias ou ásperas. Outras criaturas descansam em nossos cumes, onde caçam ou comem. Botões, frutos ou folhas frescas. Nossa respiração se espalha pelo ar, sedento de oxigênio.

Sou o Baobá, a árvore primeira, a árvore eterna, a árvore símbolo. Meu cimo toca o céu e oferece uma sombra fresca ao mundo. Procuro a luz suave, que traz a vida. Para que ela esclareça a humanidade, ilumine a penumbra e alivie a angústia.

Infelizmente, muitas dentre nós partiram, deixando em seu lugar arbustos que lutam para se afirmar. As plantas e as flores também perdem seus mais belos adornos. Os animais não encontram mais refúgio. Os homens queimam nossos galhos, sangram nossos troncos. Para alcançar e explorar uma área cheia de árvores de grande sabedoria, eles cortam, impiedosamente. Veem-nos apenas como um valor de troca. Vejam como nossos solos desmoronam e perdem sua substância! O húmus rico e perfumado seca. A rocha de dura face emerge. Vi animais morrerem de fome, privando-nos de sua amizade.

E, no entanto, vocês sabiam que a floresta é o território que abriga o maior número de seres vivos? Vocês sabiam? Nossas raízes buscam a água. Nossas folhas chamam a chuva. Não a chuva tórrida e devastadora, mas a chuvarada que abraça a natureza. Sem nós, avalanches, deslizamentos de terra e torrentes de lama guerreiam e varrem vastas extensões.

Nós, as árvores, gostamos de acreditar que somos as guardiãs dos riachos, dos rios e dos mares. Mesmo longe de suas embocaduras, criamos seus leitos e os protegemos, evitando transbordamentos que afogariam os homens. Ousamos acreditar que falamos com a água que corre, a água que dança, a água que canta. Se ao menos os homens pudessem enxergar mais longe! Se ao menos pudessem prever seu declínio, seu esgotamento, sua degradação! Talvez, assim, finalmente entenderiam que dependem de nós, e que neste século desastroso centenas de povos que se abrigaram na floresta desapareceram, com suas línguas, seus conhecimentos e seus belos costumes. Se ao menos os homens pudessem perceber o quanto erram, certamente parariam os violentos ataques de facão e de machado. Silenciariam as motosserras, parariam as escavadeiras e guardariam na garagem os pesados caminhões que transportam toras de madeira; gigantes monstros de ferro e de morte. Nada disso lhes dá algo de bom nem os deixa felizes.

Os homens lutam sobre os nossos corpos. Opõem-se àqueles que, entre eles, querem continuar vivendo perto de nós, conosco.

Não podemos ir para além do céu, pois lá não podemos viver. Se descermos profundamente ao subsolo, encontraremos magma derretido, o núcleo da Terra. Nem ali a vida nos é possível. Se a temperatura do ar que respiramos subir bruscamente, morreremos. Todos nós. Porque o espaço em que vivemos é limitado. Não há nada nos icebergs do polo norte. Nada nas dunas do deserto. A vida, a verdadeira, a mais rica, a mais bonita, ainda está na floresta. Salvaguardar o que resta do planeta. Para que possamos continuar vivendo em uma Terra que se assemelhe a nós.

Sou o Baobá, a árvore primeira, a árvore eterna, a árvore símbolo. Meu cimo toca o céu e oferece uma sombra fresca ao mundo. Procuro a luz suave, que traz a vida, para que ela esclareça a humanidade, ilumine a penumbra e alivie a angústia.

Estou velha agora. A morte natural das árvores é uma renovação. Assisti, um dia, ao nobre fim de uma árvore milenar. A floresta se ajoelhou. O tempo parou. Relâmpagos caíram do céu.

Estou pronta. Quando a minha hora chegar, deitar-me-ei na terra para oferecer o meu corpo aos insetos roedores, aos cogumelos, que se alimentarão da minha carne. Estou pronta. A morte não me assusta, ela está relacionada à vida.

Mas, quando nos assassinam, os homens devem saber que quebram as correntes da existência. Os animais não encontram mais comida. Os morcegos não encontram mais comida. Não encontram mais os frutos silvestres que tanto amam. Estes se aproximam, então, das aldeias, onde há mangueiras, goiabeiras, mamoeiros e abacateiros, doces e açucarados. Buscam a companhia dos homens.

Sei que os seres humanos não são todos iguais. Nem todos estão em busca de espécies raras de madeira, de madeira exótica, para vendê-la pelo preço mais alto a comerciantes sem vergonha. Nem todos incendeiam o mato para ter um dinheirinho extra no final do mês. Nem todos são grandes plantadores de palma de óleo, seringueiras, cacaueiros, cafeeiros ou eucaliptos para aumentar sua renda. Colheitas são compradas e transportadas em enormes navios porta-contêineres que sulcam os mares e esvaziam as cargas em algum lugar do Ocidente, depois que as bolsas de valores de Londres, Paris e Nova Iorque já tiverem estipulado as cotações mundiais.

Não, há também os pobres, os refugiados, os pés-descalços que se juntam em campos para fugir de uma guerra fratricida ou escapar da seca e da fome dela resultantes. Eles entram na floresta, desbravam-na e plantam mandioca, inhame, milho. Vão em busca de animais de caça, grandes cutias, esquilos terrícolas sempre apressados, veadinhos tímidos ou macacos risonhos que frequentam as árvores dos morcegos. Assim, têm comida o bastante. Mas uma grande desgraça cai sobre eles. Começam a morrer de uma doença desconhecida. Sozinhos na floresta, longe de tudo. Às vezes as notícias chegam às autoridades do país, e vem a quarentena. Quem tem de morrer, morre. Quem tem de sobreviver, sobrevive. Na capital, os cidadãos não sabem de nada. A cidade não sabe de nada. Ninguém fala a respeito, porque não é importante. É longe. São abandonados, esquecidos.

Isso nem sempre foi assim. Houve um tempo em que os homens conversavam conosco, as árvores. Compartilhávamos os mesmos deuses. Os mesmos espíritos. Se alguém tivesse que cortar uma de nós, pedia perdão primeiro. Fazia oferendas ao solo sussurrando uma oração: "Bela árvore, alma de nossa vida, sombra fresca de nossos sonhos, raiz de nosso futuro, amiga de todas as estações, invocamos sua clemência. Agradecemos, de todo o coração, pela sua generosidade. Preservaremos em nossas memórias sua presença em nossas vidas".

Eram outros tempos, tempos passados dos ancestrais fundadores da aldeia, que me plantaram no coração de suas vidas. Ao longo dos séculos, transformaram minha presença no símbolo da ligação entre a natureza e os homens. Eu era a árvore da sabedoria, a quem procuravam quando tinham de encontrar uma resposta para os tormentos da existência. Nos meus galhos, os pássaros conversavam livremente. Durante as celebrações, balafons e corás ritmavam a dança das máscaras. Os pés remexiam a terra, as cabeças marcavam a cadência do tempo que morre e renasce, morre e renasce. Eu ria com eles. Chorava com eles quando a tristeza invadia a aldeia. E quando um venerável velho retornava ao reino dos antepassados, em uma cova, eu oferecia a cavidade do meu tronco colossal para sepultá-lo por toda a eternidade.

Hoje, tudo é diferente. Ninguém quer falar da morte. Sobre seus defuntos, dizem: "Não estão mais aqui" ou "Morreram". No entanto, não se perguntam para onde foram. Para o cemitério? Para o céu? Debaixo da terra? Preferem negar a morte porque não têm mais tempo de pensar nela. A morte é um erro porque interrompe sua corrida desenfreada.

Antes, era bem diferente na minha aldeia. Sempre acolhíamos a morte. Nós a aceitávamos porque sabíamos que a terra tinha de dormir para que as próximas colheitas existissem. Nunca um defunto podia ser deixado sozinho. Era preciso acompanhá-lo. Os aldeões se reuniam, comiam, bebiam, cantavam, choravam e dançavam ao seu redor. Conversavam com ele. Tranquilizavam-no sobre a sepultura que o aguardava. Sussurravam-lhe palavras do coração. Pediam-lhe um último conselho. Tocavam-no, preparavam seus trajes de cerimônia para que ele ficasse sempre belo. Celebravam sua passagem pela Terra. A morte fazia parte do cotidiano, eles a conheciam muito bem. Ela lhes era familiar.

Quando a vida chegava ao auge, eu era a confidente deles. Aquela a quem contavam as alegrias e as tristezas. A dificuldade de viver. Colocavam oferendas aos meus pés e se reuniam sob a minha frondosa folhagem. Eu era a Árvore das palavras. Conversas longas e complexas, respeitando as prioridades. Alguém pedia a palavra, levantava-se e expressava sua opinião. Sentava-se. Outro se levantava e continuava o fio do pensamento. Assim, as decisões importantes eram tomadas em conjunto. Quando um conflito estava por vir, as mediações ocorriam ao meu redor. Os conciliábulos dos chefes também. Longas deliberações não podiam ser concluídas longe do meu frescor. Eu encorajava o apaziguamento. Os aldeões concediam-se tempo para escutar, para neutralizar as querelas que ameaçavam dividi-los. Muitas vezes, depois de avaliar os problemas, descartavam a punição e tentavam reconstruir os laços abruptamente rompidos. A vida era decidida na proteção do meu abraço. Casamentos, nascimentos, funerais, boas ou más colheitas, seca, atitudes repreensíveis ou admiráveis de um jovem ou de uma jovem, proteção dos deuses, proteção contra feitiçaria e alianças com aldeias vizinhas. Tudo girava em torno do meu afeto.

Havia um grande feiticeiro. Ele vinha frequentemente me pedir conselhos antes de criar seus poderosos amuletos. Todos os aldeões os usavam ao redor do pescoço, da cintura ou no peito, nos pulsos ou nos tornozelos. Os bebês eram com eles adornados para afastar o mau olhado. As meninas os procuravam para encontrar o amor e a fertilidade. Os caçadores os usavam para se proteger dos perigos da floresta.

"Por trás do que é visível, dissimula-se um mundo paralelo e subterrâneo no qual forças vitais são energias dispersas", dizia o feiticeiro. Era ele quem sabia domá-las, para o bem da aldeia.

Contudo, ele também podia invocar o lado destrutivo da natureza quando as circunstâncias assim exigiam. A vida ficava inquieta e imprevisível.

Foi assim que vivi com os homens da minha aldeia. Eu os ouvia, eles ouviam o murmúrio em minhas folhas. Cada um em seu lugar, mas todos juntos.

Sou o Baobá, a memória dos séculos, sejam eles mortificados ou abençoados pelos deuses.

Eu amei os seres humanos e ainda os amo. Mas, ao longo dos anos, perdi minhas ilusões. Minhas folhas se desbotaram. Minha casca escureceu. De um dia para o outro, quando ouro foi encontrado na região, minha aldeia mudou. Desfigurada. Ouro selvagem. Os homens começaram a saquear tudo para chegar o mais rápido possível ao maldito metal. Remexer, vasculhar na água dos rios os sedimentos de ouro que, de repente, os deixariam ricos. Uma onça de ouro valia dois mil dólares à época. Impossível resistir! Eles atacaram as árvores e esvaziaram tudo, construindo grandes bacias nas quais triavam seixos. Lama, lama em todos os lugares. Mentes insanas. Até as mulheres abandonaram a cerâmica e se lançaram à atividade, com a ajuda dos filhos. Encimados em suas frágeis cabeças, baldes cheios de terra. O mercúrio, despejado nos cursos d'água para identificar melhor as partículas douradas, matou peixes, pequenos crustáceos, plânctons e algas verde-escuras. Água acidificada. Ruim. Água envenenada. Vida envenenada. Prostituição. Bares. Tráfico de armas. Drogas.

Os aldeões se transformaram em um exército de formigas-safári, predadoras assustadoras, determinadas a destruir tudo que cruzava seu caminho. Era preciso fazer tábua rasa do passado. De um dia para o outro, abandonaram campos, lendas, costumes e crenças. Quando as árvores desabavam, consigo levavam animais trepadores e criaturas buliçosas. Isso me entristecia profundamente, porque eu sabia que era o começo do desequilíbrio e que muitos animais precisavam fugir para a floresta profunda. Eu não entendia como a situação tinha se degradado tão rapidamente, tão brutalmente. Eu gostaria de ter impedido seus excessos, mas não fui capaz. Eles tinham, irremediavelmente, virado as costas para mim, apesar das gerações de respeito mútuo.

Com o passar do tempo, os homens ficaram doentes. No início, pensaram na malária. Febre, calafrio, dor de barriga. Dor no corpo, grande fadiga. Saíram em busca de folhas de neem, árvore com mil virtudes, árvore generosa que cura a malária e espanta os mosquitos. Árvore orgulhosa e resistente. Nada exigente, acomoda-se em todos os solos; terras magras, pedregosas ou arenosas. Eles, então, se lembraram, raivosos, de que destruíram centenas delas. Precisavam, agora, adentrar ainda mais a floresta. Caminhar, embora cansados e enfraquecidos, até finalmente encontrar a árvore benfeitora. Despojaram-na de muitas folhas e frutos, que transportaram em sacos. Assim que voltaram, as mulheres fizeram infusões e as deram aos doentes para que as bebessem várias vezes por dia. Elas esmagaram as sementes dos frutos para extrair um óleo, que passaram sobre os corpos dos homens. Alguns recuperaram a saúde poucos dias depois. Já em outros, que eram maioria, a temperatura não baixou. Enfraquecimento total. Veio o sangue cuspido, o sangue nos vômitos, o sangue evacuado, o sangue rompendo todas as barreiras da carne.

Até o último momento, os mineiros se recusaram a largar as tão cobiçadas pepitas de ouro. Mantiveram-nas, firmes, na palma da mão. O canteiro virou um campo de batalha. Um campo de devastação. O ouro semeara a catástrofe e o luto. Impotente, eu assistia à progressão violenta da doença. Nada parecia poder detê-la.

De onde vem a riqueza dos homens, do coração ou do dinheiro? Minha aldeia era rica de uma bela riqueza. Minha aldeia desapareceu, pois queria possuir fortuna.

Por muito tempo fui uma árvore desesperada. Tinha saudade da risada sincera das crianças, das mãos ásperas dos velhos quando acariciavam meu tronco, da beleza das mulheres adormecidas sob minha sombra, dos homens cujo corpo era esculpido pela terra. Eu queria me tornar uma árvore sem raízes para poder deixar este lugar árido. Transportar-me para um país mais clemente. Minha vida se tornara inútil e escoava, gota a gota, em lembranças.

O que deveria acontecer, aconteceu, a despeito de mim, longe de mim.

Uma epidemia de Ebola se manifestou de repente e atravessou toda a região, tornando-se a maior epidemia documentada na história do vírus. E, pela primeira vez, o Ebola também viajou até a metrópole.

Leva-se entre cinco e vinte e um dias para a febre se manifestar, aguda e obsessiva. Pontadas nas têmporas, dores intensas em todos os músculos, cefaleias fulminantes, vômitos e diarreias, erupções cutâneas, dores de queimar a garganta. No final, uma hemorragia leva o último sinal de vida.

Basta os humanos se tocarem para se contaminarem. Pior que a guerra. Agora, a mãe, o pai, o filho, qualquer um deles pode se tornar um inimigo mortal. A piedade é uma sentença de morte.

Vi a destruição que a epidemia desencadeou no país enquanto o resto do mundo tentava se isolar. A África tornou-se o berço de todo o sofrimento. O lugar onde o futuro da espécie humana estava em jogo. Ameaçada de extinção se o vírus se expandisse, se pegasse o ônibus, o trem, o avião. Se cruzasse as fronteiras, viajasse de barco. Se se escondesse nas lágrimas de uma criança, no beijo de um amante ou no abraço de uma mãe. Os seres haviam se tornado carnes e viscosidades. Corpos anônimos, esquartejados diretamente no asfalto, desmoronados nas ruas lotadas da capital, duramente atingidos. Como esquecer a fúria que se espalhou com uma violência sem precedentes?

Mas eu vi a coragem. Homens, mulheres, jovens no meio da tempestade. Ferozes combatentes pela sobrevivência dos outros e de si. Vi pessoas correndo para ajudar. Vi pessoas vindas do mundo todo para se voluntariar e combater a doença.

Apesar do caos, a aurora continuou a se levantar e o crepúsculo, a anunciar a noite. Vi a manhã estremecer de impaciência. E foi então que, após a amargura e a tristeza, a hora da ternura voltou. Gradualmente. Eu escutei. Escutei os homens novamente. Todos os homens. Meus ramos se expandiram e se tornaram extraordinariamente grandes.

Nada daquilo que constitui os seres humanos escapou de mim. Quero contar suas histórias, dar voz a todos aqueles que venceram o medo. Seres ordinários, de atos extraordinários. Independentemente do local, quero honrar sua bravura. Ainda há muito a ser contado sobre a história da Terra, uma história de náufragos perdidos em uma ilha. Quem já celebrou as estrelas do mundo? Quem já abriu as portas de todas as galáxias?

Sou o Baobá, a árvore primeira, a árvore eterna, a árvore símbolo. Minhas raízes mergulham no ventre da Terra. Meu cimo toca o céu. Busco a luz que alumia o universo, ilumina a penumbra e acalma os corações.

# LUTAR COM TODAS AS FORÇAS, CONTINUAR A LUTAR

# IV

*A Terra, às vezes, está mais longe dos homens do que a Lua.*

*O médico com macacão de astronauta descobre um novo universo.*

Na primeira vez que entrei na sala da área de alto risco, um paciente surgiu do corredor e desmaiou na minha frente. Havia, em seu corpo, sangue e fluidos. Sobre ele, milhões de partículas de Ebola. Meu coração era um tambor sob o pesado macacão de proteção. Precisávamos levá-lo de volta para a cama. Com a ajuda de um enfermeiro, o levantamos pelos braços. Ele estava muito agitado, tremia violentamente. Seu olhar anunciava um medo insondável. Foi preciso lhe administrar calmante. Ele parou, aos poucos, de se debater. Pudemos então deixá-lo, e fomos cuidar dos outros doentes.

À noite tenho pesadelos. Ainda estou entre os doentes. A tenda é uma estufa. Estamos no meio do dia. O sol bate forte na lona. Não consigo mais respirar, ouço um zumbido, não estou usando o macacão, estou nu, estou infectado com o vírus. Minhas gengivas sangram, minha alma foge de mim. Sinto-a sair do meu ventre. Desperto sobressaltado.

Meu quarto, penumbra. A janela se destaca na parede. O ronronar do ventilador, o ar quente que circula, estou encharcado de suor. Meus olhos se fecham, pesados.

Mas eis que a manhã desponta. Outro dia se anuncia. Eu me levanto, jogo demoradamente água fresca no rosto e me olho no espelho do banheiro. Estou vivo. Não é nada, um sonho ruim. Tenho que ignorá-lo, voltar para os doentes. É onde devo estar, no centro improvisado; em nenhum outro lugar há luta mais desesperada.

De manhã cedinho, atravesso a entrada reservada à equipe. A maioria dos funcionários chega de micro-ônibus. Eles se levantaram muito cedo, saíram de casa enquanto as crianças ainda dormiam. Entre eles estão os enfermeiros, muito determinados em sua missão, os psicólogos com tarefas difíceis, os membros das equipes – água, saneamento, sepultamento de corpos. Chegam também os cozinheiros e os lavadeiros, cargos modestos e essenciais, e por fim os gestores e os técnicos em logística, que vão rapidamente a seus escritórios no outro lado do centro. Voluntários locais ou estrangeiros sentem-se unidos pelo desejo comum de erradicar o Ebola. Há também, é claro, os outros médicos, colegas mais próximos a mim.

Vou para a tenda de reunião com os membros da equipe que estiveram no turno da noite. O chefe nos mostra o relatório. Número de mortes. Número de recém-chegados. O fluxo continua aumentando. O chefe dos paramédicos explica que vários doentes esperam ser transferidos para o centro. Mas não há mais camas disponíveis. Precisamos acelerar os testes nos pacientes suspeitos. A enfermeira lembra que os doentes cujos exames deram negativo ainda permanecem no centro por conta de outras patologias. Seria preciso transferi-los ao hospital central. Alguém diz que ele está fechado desde que seis membros do corpo médico morreram do vírus.

Revemos as incumbências do dia: uma mulher se recusa a comer e a tomar seu remédio contra a malária. Ela perdeu o bebê e o marido há apenas três dias. Caso a ser observado de perto. Um jovem muito comunicativo, ao chegar, teve uma grande piora. Não reage a mais nada. Vários pacientes estão em um estado avançado e precisam ser urgentemente reidratados. O braço de uma garotinha inchou demais. Trata-se, sem dúvida, de uma septicemia. Ela recebeu uma dose de antibiótico. Um médico pede que se tome muito cuidado durante as injeções, pois luvas grossas tornam o manuseio perigoso para pacientes e funcionários. Uma enfermeira relata que um paciente vomitou no pátio. Encontramos uma faca debaixo de seu travesseiro. Ele diz que prefere se matar a sucumbir ao Ebola. O chefe da equipe pergunta como a faca foi escondida. A enfermeira não sabe. O ocupante da cama número seis poderá ser enviado para casa. Cinco pacientes parecem estar melhorando.

Passo no vestiário. Recebo ajuda para me vestir. Uso um macacão de plástico. Grosso, impermeável, fechado nos pulsos e nos tornozelos. Meu corpo deve ficar completamente embrulhado; adicionaram o avental de plástico transparente. É uma camada extra de proteção. Enfio dois pares de luvas, coloco os pés nas botas de borracha; elas são pesadas, mas confortáveis, fáceis de vestir e tirar. Na frente do espelho, verifico se a máscara facial está bem colocada e se os óculos de proteção não estão se movendo. Entro na área de alto risco.

Quem já está gravemente doente chega de maca. Os outros andam com dificuldade. Vemos de imediato, em seus rostos, a máscara da morte. Olhos arregalados, corpo emaciado.

Inclino-me sobre um paciente, preciso encontrar a veia. Espetar. Colocar o cateter devagar, bem devagar, pois a pele está seca e desidratada. O pulso, quase inexistente. Sou aplicado, preciso. Minhas luvas são a única barreira. Um momento de desatenção e a agulha afundará na minha carne. Dentro do meu macacão, grandes gotas de suor escorrem. Não posso falar, minha voz está abafada. Faço gestos para indicar à enfermeira o que precisa me trazer, mostro os instrumentos com a ponta dos dedos. A viseira está embaçada. No máximo quarenta minutos, é o tempo suportável. Depois disso, corremos o risco de desmaiar, cair. Quarenta minutos durante os quais respiro meu sopro. O suor escorre pelos braços, pelo tronco, pelas pernas. Está terrivelmente quente. A estação das chuvas demora para chegar e os raios de sol parecem cada vez mais intensos. Levanto a cabeça. Penso na minha esposa e nos meus filhos. Quando os verei de novo? Por que me expor a esses riscos? O Ebola está sempre nos testando, colocando-nos contra a parede. Não quero deixar o vírus vencer. Não quero que a doença assuma o controle, se espalhe e ameace minha família. Lutar é o preço a pagar quando se vive no mesmo planeta.

Tenho consciência da imensidão da tarefa que temos pela frente. Os cuidados com os doentes são apenas paliativos. Não há medicamentos eficazes contra o vírus. O importante é reidratar o doente. Muitos líquidos, o máximo possível. Alimento por via oral também e, em não sendo possível, por via intravenosa. É preciso dar comprimidos para controlar a febre e monitorar os problemas gastrointestinais. Tratar a dor, diminuir a ansiedade. Os pacientes se tornaram presas fáceis. É preciso tratar as doenças que se implantam em seus corpos doentes: infecções bacterianas, malária, febre tifoide, tuberculose. Não devemos parar o tratamento, mesmo quando os doentes parecem estar perto da morte. Dar o máximo de nós mesmos. Acima de tudo, não me apegar a eles, porque isso implicaria correr o risco de me tornar vulnerável ao sofrimento de meus pacientes a ponto de não poder fazer mais nada. Só tenho que continuar meu trabalho esperando que o horror acabe logo, que eu possa voltar para casa um dia, para esquecer e reviver.

É muito mais difícil quando se trata de uma criança. Lembro-me do bebê que chegou em uma tarde. Sua mãe o carregava no colo. Envolto em um cobertor azul grosso, em meio ao qual via-se seu rosto. Pálpebras fechadas, pelinhos ralos na testa, lábios entreabertos, pele fininha como papel de seda. A cada passo a mulher precisava do apoio de duas enfermeiras que usavam o macacão. Nós nos revezamos para alimentar a menininha com uma seringa, porque ela estava separada da mãe, um caso confirmado. Seu corpo minúsculo batalhava, lutava. Ela digeria bem a comida, parecia estar mais forte. Mas, três dias depois, começou a vagir. Não dormiu a noite toda. Na manhã seguinte, o leite não descia mais pela garganta, ela não engolia mais. Vomitava. A certa altura, respirou com muita força e depois morreu.

Poderíamos tê-la salvado?

Essa é a pergunta que me fiz tantas vezes e que ainda me obceca. A taxa de mortalidade infantil é devastadora. Não tem sala pediátrica. As crianças são tão contagiosas quanto os adultos. Aplicam-se as mesmas regras. Sim, não são mais crianças antes de morrerem.

Poderíamos tê-la salvado?

O centro antiebola foi criado às pressas para lidar com a emergência da epidemia. Enormes caminhões trouxeram tábuas, chapas de metal e lonas. Os técnicos começaram a trabalhar e montaram um conjunto de salas pré-fabricadas e tendas. Dentro de algumas semanas, tudo estava pronto e operacional. Dois geradores, que ainda funcionam, fornecem eletricidade. O ronronar de seus motores ritma os dias. O acampamento está dividido em duas áreas.

Uma para casos suspeitos e outra para casos confirmados. Mas um lado do centro é reservado para salas do corpo médico e escritórios. É proibido entrar sem permissão. Uma barreira de plástico laranja circunda o centro. Não há guardas. Há lampadários em toda a sua extensão. Parece uma prisão. O chão ao redor foi aplainado, perímetro do qual ninguém se aproxima sem medo. Triagem sob a grande tenda. Aqueles que aguardam os resultados de testes ficam na área de circulação. Oram, choram, fazem promessas aos seus deuses, lembram-se dos grandes acontecimentos de suas vidas.

O que fazemos na Terra? Por que nos ter colocado aqui se tudo é sofrimento? Há vidas que não valem nada, como frutas machucadas em fim de feira. Abandonadas em caixotes ou jogadas no chão, frutas que ninguém quis, mas que algumas horas antes adornavam as barracas.

Sou um intruso no território da morte. É seu império. Ela é sua imperatriz e tem o poder absoluto. Sou como um astronauta flutuando no espaço a mil léguas da Terra. A mínima fissura em seu macacão e ele está perdido. A mínima fissura no meu e, como ele, estou perdido.

Poucos doentes vão se restabelecer. Há alguns que nunca sairão da cama ou da tenda de tratamento.

Quem sobreviverá? Damos os mesmos cuidados a todos, mas duas semanas mais tarde um paciente vai entregar sua alma, enquanto outro vai retomar o caminho de casa. Um paciente vai se sentir melhor, recuperar suas forças, sorrir e então, bruscamente, abandonar e morrer. Impossível saber. Apesar dos nossos esforços, muitas vezes o vírus ganha.

Na verdade, o resultado não está em nossas mãos. A luta dos doentes contra o Ebola depende da defesa que eles têm à disposição:

seu sistema imunológico ou talvez a carga do vírus que infecta seu organismo. Os sobreviventes eram mais saudáveis do que os outros antes de serem contaminados? Há algo misterioso. E se tiver sido apenas devido a um instinto de sobrevivência, mais poderoso do que tudo? O vírus aceitando a derrota e dando-lhes a liberdade de ainda viver um pouco mais. Não sabemos o que temos no estômago. Eu que sou médico, se o Ebola me contaminar, como meu corpo reagirá? Talvez eu não me saia melhor do que meus pacientes. Uma mulher sobrevive, um velho sobrevive, um adolescente sobrevive. E eu? O vírus não respeita ninguém, não faz exceções a ninguém. Não dá para argumentar com ele. Um inimigo assim tem impulsos hegemônicos. A raça humana não lhe seria suficiente.

Mesmo na morte, o Ebola continua a atacar. Cadáveres são bombas devastadoras.

No início da epidemia, o pânico ameaçou se espalhar. O exército ainda não havia sido mobilizado. Os soldados ainda não estavam prontos para atirar nos doentes que queriam fugir. Mas como aceitar a ideia de que seu corpo será colocado em uma capa de plástico, borrifado com desinfetante e enterrado por homens mascarados em uma vala comum? Sem nenhum ritual tradicional que prepare os defuntos para entrar no outro mundo. Sem funerais em honra à sua memória. Não há tempo para recolhimento ou ternura. Algumas pessoas voltaram para casa apesar do diagnóstico. Elas se "evadiram", com todas as consequências que isso implicava: levar o vírus às suas famílias, às suas aldeias, às suas cidades.

Ao fim de minha tarefa, volto para o vestiário. Ajudam-me, desta vez, a tirar o macacão. Processo longo e minucioso. Fico, por um momento, com os pés mergulhados na bacia cheia de cloro, para que as solas das minhas botas não carreguem nenhum fluido ou detritos contaminados. Agora, estão me borrifando com desinfetante. Abro os braços formando uma cruz para que a solução me cubra por inteiro. Tenho que evitar qualquer contato físico. Vou tomar uma ducha clorada. Tudo o que usei também será lavado com água clorada e secado ao sol. O que não puder ser desinfetado será queimado.

Quando um paciente volta para casa, fico feliz. Damos-lhe roupas novas, porque tudo o que usava quando chegou ao centro foi incinerado. Ele recebe comida, vitaminas, uma pequena soma de dinheiro e um certificado de boa saúde que o ajudará a retomar uma vida normal. Quando vejo um sorriso em seu rosto, digo a mim mesmo que cumpri meu dever. O que vivencio neste centro de Ebola é exaustivo. Mas nunca conheci nada mais gratificante do que aliviar os sofrimentos.

Penso nos meus filhos. Penso no que faremos quando estivermos juntos. Vou comprar bicicletas para eles. Uma vermelha e uma azul. Vou lhes ensinar a correr com elas. Vão gostar. Vão ficar contentes. Só quero passar um tempo com eles. Ficar em casa, brincar no jardim, assistir à televisão. Sinto falta da mãe deles. É a mulher mais bonita do mundo.

# V

*A coragem da enfermeira é uma joia usada com orgulho e bondade no peito.*

Cuido dos meus pacientes mostrando-lhes compaixão porque tento me colocar no lugar deles e entender seus tormentos. Eles não são diferentes, são as circunstâncias que nos separam. Estamos em lados opostos. Mas eles não fizeram nada para merecer o que lhes aconteceu. Perdemos tempo. Nossas vidas são desperdiçadas com futilidades. Agora que a realidade do dia a dia mudou, devemos todos recomeçar do zero. Não podemos mais nos apegar ao passado.

As mulheres são as mais afetadas pela epidemia. Talvez porque normalmente são elas que cuidam dos doentes. Talvez porque sejam as últimas a sair de casa para procurar tratamento para si. Talvez, também, porque, até o fim, querem manter o equilíbrio, resolver as coisas.

Antes da declaração oficial da epidemia, quando as primeiras pessoas contaminadas chegaram aos hospitais públicos, o corpo médico as tratou com as mãos nuas. Não sabíamos. Só estávamos protegidos por uma bata de algodão branco. Foi depois que recebemos a informação. Muitos de nós morreram, levando a doença para casa. Eu estava apavorada. Agora que o vírus Ebola foi identificado, sei que é uma questão de prudência: devemos seguir as regras de higiene à risca, nunca subestimar o perigo, nunca baixar a guarda.

Vi uma colega muito próxima sendo contaminada bem na minha frente. Uma criança chegou em péssimas condições. O menino sangrava por toda parte e estava com diarreia. O tórax estremecia e os soluços eram terríveis, profundos, dolorosos. Ela o limpou e se inclinou para lhe dar de beber. De repente, ele vomitou em seu ombro. Vi que a bata da minha amiga estava molhada e grudada na pele. Foi assim que ela pegou o Ebola. E morreu algumas semanas depois.

Quando as pessoas de fora descobriram que estávamos trabalhando em um serviço antiebola, não quiseram mais se aproximar. Não tínhamos mais amigos. Quando voltávamos para casa, ficávamos sozinhos com a família. Minha filha teve problemas na escola. Ninguém brincava com ela no recreio. Todos os seus camaradas tinham ouvido os boatos que circulavam na vizinhança: o corpo médico é responsável por todas essas mortes, o presidente da República teria lhes dado grandes somas de dinheiro para reduzir a população do país e se livrar dos pobres. O Ebola não existia.

Apesar de tudo, continuamos a combater a doença. Foi muito difícil ver meus colegas morrerem sem qualquer ajuda real, abandonados pelas autoridades.

De manhã, antes de nos encontrarmos com os doentes, rezamos. Reunimo-nos e rezamos. Cantamos hinos religiosos, com os olhos fechados, as mãos estendidas para o céu. Imploramos a misericórdia de Deus. "Senhor, dê-nos a sabedoria para sabermos o que fazer. Dê-nos a vontade de poder fazê-lo. A coragem de resistir."

Os pacientes estão com dor, precisam de atenção, precisam ser tranquilizados. Àqueles que creem em Deus, pedimos que mantenham a fé e recomendamos o essencial; continuar a comer, a beber, mesmo quando a força os deixa. Esfregamos suas costas, seguramos suas mãos. Falamos com eles em sua língua materna, com palavras que conhecem. Eu gostaria de tirar minha máscara para que vissem quem sou, para que pudessem ter certeza, em meu olhar, de que compartilho de seu sofrimento. Mas não posso.

Em quem concentrar nossos esforços diante do fluxo ininterrupto de doentes? Será que nossas decisões, tomadas no calor da ação, vão determinar se viverão ou morrerão? Ninguém pode nos dizer.

Às vezes, mesmo dentro do hospital, os pacientes duvidam de nós. Acham que os envenenamos com as agulhas que inserimos em seus braços e as soluções que lhes damos de beber. Oras, por que não saram? Por que tantos mortos entre eles? Então me pedem para provar o líquido que lhes dou. Dizem: "Experimente você mesma se é tão benéfico!". Também perguntam por que não podem usar máscaras e macacões, já que todos ao redor usam. Eu os entendo. Como lhes inspirar confiança quando nosso equipamento nos afasta deles? A distância entre nós é a distância que existe entre a vida e a morte. Não podemos mentir para eles.

Em nossos hospitais, sempre trabalhamos com os meios disponíveis. Sempre com o essencial em falta, com o mínimo em falta. Orçamentos mal administrados. Orçamentos insuficientes. Condições de trabalho deploráveis. Pessoal mal pago. Estamos acostumados. Longas horas em edifícios com paredes descascadas. Camas de ferro com colchões velhos. Mobiliário danificado. Aparelhos avariados estocados em depósitos. Cheiro de ferida. Estamos acostumados. Mas, desta vez, é pior. Desta vez, nossas deficiências assumiram uma dimensão gigantesca.

Um dia, ouvi um jovem dedilhar as cordas de seu violão e cantar, com a voz aborrecida e cínica:

*Vamos lá!*
*Vamos ao hospital universitário da capital*
*O mercado global de doenças*
*Vamos comprar o cólera*
*Nos banheiros que vomitam fezes!*
*Vamos comprar a malária*
*Nas águas estagnadas do pátio!*
*Vamos comprar a AIDS*
*Nos lixos não desinfetados!*
*Vamos comprar a loucura*
*Dos montes da corrupção e do orgulho!*
*Vamos lá!*
*Vamos ao hospital universitário da capital*
*A arena dos valores invertidos*
*Vamos curar os doutores*
*Infectados pela negligência administrativa!*
*Vamos vacinar os enfermeiros*
*Apanhados pela pobreza e sujeira!*
*Vamos salvar as grávidas*
*Que dão à luz em camas quebradas sem colchões nem lençóis!*
*Vamos acalmar os empregados*
*Que estão de greve pela melhora das condições de trabalho!*
*Estão vendo este hospital universitário?*
*É o nosso mercado global de doenças!*
*É aqui onde os doentes cuidam dos médicos!*
*É aqui onde os doentes pegam mais doenças!*
*É aqui onde se adquire a cultura da insalubridade.*[1]

---

[1] Nsah Mala, Marché mondial des maladies [Mercado mundial das doenças], 2015. [N.d.A] Versão original: *Venez m'accompagner ! / Allons au C.H.U. de la capitale, / Le marché mondial des maladies / Allons acheter le choléra / Dans les toilettes qui vomissent des selles ! / Allons acheter le paludisme / Dans les eaux stagnantes de la cour ! / Allons acheter le sida / Dans les déchets non désinfectés ! / Allons acheter la folie / Dans les sacs de la corruption et de l'orgueil ! / Venez m'accompagner ! / Allons au C.H.U. de la capitale / L'arène des valeurs renversées / Allons soigner les docteurs / Infectés par la négligence administrative ! / Allons vacciner les infirmiers / Grippés par la pauvreté et les ordures ! / Allons sauver les femmes enceintes / Accouchant sur des lits cassés sans matelas ni draps ! / Allons calmer les employés / En grève pour améliorer leurs conditions de travail ! / Voyez-vous ce centre hospitalier*

Ainda me lembro do dia em que voltei ao país com meu diploma de enfermeira especializada. Fui a primeira mulher da minha aldeia a ir tão longe. Passei dois anos no exterior, em formação, fiz estágios nos melhores hospitais. Voltei para servir. Para exercer minha profissão. Eu estava pronta para assumir, substituir os expatriados. O país estava indo na mesma direção. Na época da independência os centros hospitalares, entregues totalmente prontos graças a empréstimos de bancos internacionais, exibiam-se altivos nas principais cidades. A educação e a saúde foram declaradas as prioridades das prioridades! Tínhamos equipamentos sofisticados. Muito sofisticados. Quando uma avaria ocorria, era preciso trazer técnicos do exterior. Os treinamentos não eram rápidos o bastante, como se os idealizadores do nosso sistema de saúde não tivessem pensado em tudo. A cada novo ministro da Saúde, os mesmos erros, as mesmas promessas não cumpridas. Sim, os aparelhos seriam reparados o mais rapidamente possível. Sim, um programa de reabilitação seria implantado. Sim, os cuidados médicos continuariam gratuitos.

Não sei como aconteceu. Como, pouco a pouco, meus colegas e eu aceitamos a mediocridade. Aceitamos nos comprometer. Aceitamos a negligência. Tínhamos que dizer aos nossos pacientes que não havia mais algodão, nem álcool para desinfetar, nem seringas, nem fios de sutura. Era preciso comprar tudo. Seus familiares tinham de ir à farmácia mais próxima para pegar o necessário. Mas sabíamos muito bem, apenas olhando-os nos olhos, que eles nunca seriam capazes de pagar metade dos custos. Eles iriam à farmácia e, diante da caixa registradora, comprariam

---

universitaire ? / C'est ici notre marché mondial des maladies ! / C'est ici que les malades soignent les médecins ! / C'est ici que les malades attrapent plus de maladies ! / C'est ici que la culture de l'insalubrité est acquise ! [N.d.T.]

por eliminação apenas o mínimo ou o menos caro. Fomos às ruas nos manifestar para forçar o governo a fazer reformas. Foi perda de tempo. Muitas vezes, as reivindicações se transformavam em negociações com o nosso sindicato para o aumento do salário e o pagamento das horas extras. E ainda houve escândalos. Dinheiro desaparecia dos cofres do Ministério da Saúde, milhões desviados da ajuda internacional sumiam, milhões que deveriam ser usados para restaurar os hospitais, encomendar aparelhos mais eficientes, formar o pessoal mais competente, melhorar a higiene. A cada reorganização governamental, acontecia o mesmo: cada nova nomeação dava origem a novas esperanças. Mas o *status quo* voltava a se instalar gradualmente. Como é que, pouco a pouco, aceitamos que os altos executivos do país fossem ao exterior se tratar? Isso não era uma prova de que eles não acreditavam em seu próprio sistema de saúde? Como pudemos aceitar que o presidente da República fosse evacuado em seu avião particular ao mínimo sinal de dor muscular? Quando finalmente entendi que tudo estava errado, aprendi a endurecer para continuar meu trabalho. Eu poderia ter ido para o setor privado, como muitos de meus colegas. No entanto, eu sempre soube que era no setor público que eu seria mais útil, apesar da sensação de que uma catástrofe se anunciava.

Ninguém estava pronto quando o Ebola surgiu em nossas vidas.

Os ministros falaram muito sobre os problemas econômicos que o país enfrentava. Denunciaram a queda dos preços das matérias-primas nos mercados mundiais. Invocaram as sequelas da guerra e a destruição das infraestruturas.

Os seres humanos morrem de maneiras diferentes. Em posição fetal. Com os braços cruzados. O torso imobilizado contra a parede. Deitados, com os membros bem posicionados na cama. Alguns têm rostos calmos, outros fazem caretas de dor. Nosso coração é um relógio cujo mecanismo desconhecemos. Nossas veias são vasos que se dilatam e se rompem. Nossa carne é destruída por células loucas.

Um dia, um poeta me disse: "Sabemos que todos os caminhos levam à morte, que a vida é apenas uma escala e a eternidade, um beco sem saída, que o homem deve morrer para amadurecer na memória de seus herdeiros; a evidência permanece evidente: a morte não é bela"[2].

Apesar dos meus ressentimentos diante da nossa impotência para gerenciar a crise, hoje, admito, nossas necessidades são imensas demais para imaginar uma solução. Todas as pessoas de boa vontade, todas que pretendem nos ajudar, são bem-vindas. Sem exceção. Elas assumem riscos extraordinários por nós. Há meses tenho trabalhado com voluntários que vêm de longe para lutar conosco. Vejo como lutam. Vejo o quanto dão de si mesmos. Foi me relacionando com eles que formei essa opinião. São meus colegas, meus amigos. Eu trabalho ainda mais quando vejo a solidariedade. Porque me pergunto o que as outras pessoas pensariam se não estivéssemos na linha de frente. Nunca é suficiente o que fazemos. Não quero perder o desafio que se coloca diante de nós. Quero estar presente para que as gerações futuras saibam que lutamos para evitar o reino do inaceitável. Que lutamos como soldados no campo de batalha, sabendo que cada minuto contava. Mas que cada minuto também podia indicar o fim de nossa existência. Cumprimos nosso dever na Terra.

---

[2] Gabriel Okoundji, *Apprendre à donner, apprendre à recevoir* [Aprender a dar, aprender a receber], 2014. [N.d.A]

# VI

*A morte acompanha a vida no caminho rochoso.*

*Uma ponte as conecta até o fim dos tempos.*

Quando você luta contra o Ebola, é a única coisa que pode fazer. Você deve estar totalmente focado em sua tarefa. Estar no presente, e ponto. Se quer sobreviver, não deve pensar em mais nada. Não deve pensar na sua casa, na sua vida normal. Deve se entregar completamente, porque testemunha cenas terríveis, e isso pode desestabilizar você completamente. Não é de você que se trata. Você está aqui para ajudar a vencer a doença, para fazer um trabalho bem específico. Deve, então, deixar todos os seus problemas pessoais para trás. Você precisa estar o mais calmo possível ao colocar um corpo no túmulo. Sua mente deve estar vazia.

Quando um paciente morre, ele é imediatamente desinfetado com cloro. Em seguida, é colocado em dois sacos plásticos para cadáveres. Cada saco também é desinfetado. Quando tudo termina, ele é levado ao necrotério. É nessa hora que entro em ação. Máscaras, combinações de plástico, luvas, óculos de proteção. Às vezes somos dez na equipe. Transportamos o cadáver em uma maca. O cemitério foi preparado atrás do centro de tratamento. O solo é vermelho e duro.

O homem que vou enterrar hoje enlouqueceu perto do fim. Ele não sabia mais quem era nem o que fazia. Estava completamente desorientado. O pulverizador, meu colega, borrifa cloro ao longo do caminho que tomamos. A grama fica brilhante, parece iluminar nossa passagem. Eu não queria estar com os mortos. Mas era onde havia mais necessidade. Quando a epidemia foi oficialmente declarada, as equipes de enterro do governo e do Comitê Internacional da Cruz Vermelha se encarregaram das inumações. Mas não havia braços suficientes. Às vezes era preciso esperar vários dias até que os corpos fossem removidos. Isso aumentava o risco de infecção nas famílias. Eu soube que estavam recrutando e treinando profissionais. Quando o centro abriu suas portas no bairro, não hesitei; apresentei-me e fui aceito. Minha mãe não aprovava. Lembrei-lhe que eu estava disponível porque a universidade tinha fechado. Expliquei-lhe que se nós, jovens, não respondêssemos ao apelo, a epidemia nunca acabaria. Concluí dizendo que não foi por causa do dinheiro que recebi que me voluntariei. Amo o meu país.

Ouço muita gente dizer que o Ebola vai matar todos nós. Prefiro lutar do que ficar sentado no meu canto sem fazer nada. Minha mãe acabou me apoiando.

Quando levamos um cadáver ao túmulo recém cavado, o pulverizador se aproxima e bombeia cloro até o buraco e no chão ao redor. Não há orações. Não há choros. Apenas uma cruz branca de madeira.

Na volta, o pulverizador ainda segue nossos passos. A primeira vez que vi um cadáver, quase desisti, dado o seu péssimo estado. Disseram-me que, como eu já tinha aceitado o trabalho, precisava assumir minhas responsabilidades. Entendi que era um sacrifício necessário. Então vou cumprir minha tarefa até que o último paciente com Ebola saia do centro completamente curado. Na verdade, eu não sabia que um dia teria coragem de carregar corpos para enterrá-los. Sou um jovem comum, nunca procurei desafios ou tentei mostrar que era melhor do que alguém. Eu era mais do tipo tímido, que ficava na minha enquanto os outros agiam.

Durante o dia, o sol lança raios ardentes sobre nós como se nos punisse. Será por que enterramos pessoas incessantemente, às vezes até mesmo à luz de geradores? O calor me obceca. Depois de meia hora, não aguento mais, só penso em tirar o macacão. O plástico armazena o calor, é uma estufa. Cada movimento durante o enterro aumenta a minha transpiração. Preciso tomar muito cuidado ao colocar um corpo no túmulo com a ajuda de meus colegas. Um gesto brusco e o saco que o contém começa a afundar.

Voltamos ao centro molhados de suor e ansiosos para tirar o macacão. Ah, mas esse é o momento mais perigoso. Toquei em secreções com minhas luvas; se eu cometer um só errinho ao removê-las, corro o risco de me contaminar. O pulverizador me ajuda a me desinfetar completamente. Para me tranquilizar, digo a mim mesmo que, se ficar doente, os médicos cuidarão de mim, porque sou um deles.

O que mais temo são os fantasmas. Outro dia, enterrei uma jovem. Voltando, encontrei-a no caminho. Ela me impedia de seguir em frente. Eu lhe disse: "Deixe-me passar, por favor". Como ela não se mexia, pedi a um dos meus colegas para me ajudar, mas ele disse que não estava vendo ninguém. Felizmente, depois de um tempo, ela foi embora por conta própria. Não entendo. Eu não fiz nada de errado. Pelo contrário, fomos ensinados a enterrar os mortos com dignidade. Não fui eu quem acabou com suas vidas. Só estou ajudando. Eles também querem que seus familiares e amigos sejam contaminados? Não, claro que não, mas não podem parar de assediar os vivos que, como eu, enterraram os cadáveres. Na realidade, são espíritos perdidos que não querem deixar a Terra;

gostariam que os ajudássemos a voltar. Suas tentativas de nos intimidar são apenas chamados de socorro. Então, se um fantasma vem me visitar de dia ou à noite, mesmo que eu esteja com medo, digo-lhe apenas que me deixe em paz. Algumas equipes de enterro têm de caminhar por muito tempo para chegar às aldeias remotas, onde ajudam as pessoas a enterrar seus mortos com segurança. Mostram-lhes o que fazer e não fazer, deixam claro que é bem diferente do que ocorria no passado e que não podem mais dizer adeus aos defuntos segundo os costumes.

O pulverizador é o membro mais importante de cada equipe. Nada pode acontecer sem ele. Eu me dou bem com o nosso. Ele é mais velho que eu. No final do dia, frequentemente vamos tomar uma cerveja juntos. Uma vez, notei que ele estava bebendo demais. Seus olhos estavam vermelhos, ele parecia totalmente exausto. "É a insônia", me disse. Não lhe perguntei por quê, sabia a resposta. Bem recentemente, ele teve de pulverizar o corpo de um amigo de infância, alguém com quem jogava bola quando pequeno. Adolescentes, tinham ido ao mesmo colégio e cortejado as mesmas moças. Mas a família do amigo de infância cometeu o grave erro de manter o pai doente em casa. Todos foram infectados. Para reconfortá-lo, conto coisas banais, invento piadas engraçadas. Consigo, assim, deixá-lo um pouco mais alegre. Mas ele recomeça, sempre perturbado: "Faz meses que estamos lutando contra o vírus e ainda tenho a impressão de que não avançamos. Resistimos e estamos unidos pelo mesmo objetivo, mas ainda não conseguimos detê-lo. Será que esta guerra vai acabar um dia?"

Falo muito com ele. É como um irmão para mim. Ouço com atenção tudo o que diz porque é ele quem tem nossas vidas em suas mãos. Quem repele o vírus. Um guerreiro com armadura de plástico. Ele me explica que o Ebola é mais resistente do que muitos outros vírus. Pode permanecer ativo por mais de duas semanas em um ambiente contaminado. "Você tem noção?", ele diz. "Eu sempre tenho que estar com os olhos bem abertos. O tempo todo. Tenho que fazer as pulverizações diariamente. O cloro é o meu melhor amigo. Ele sabe onde o Ebola se esconde. O cloro o vê facilmente, enquanto para nós, homens, o vírus é invisível. Nossos olhos não têm o poder de desemboscá-lo. Sim, o cloro é o meu melhor amigo. Sei tudo sobre ele. É o elemento químico de número atômico 17, símbolo C1 e o halogênio mais comum. É um gás amarelo meio esverdeado. Muito mais denso que o ar. Tem um cheiro sufocante e é muito tóxico."

Vi como o pulverizador usa habilmente seu aparelho, aplicando jatos precisos em todas as superfícies e nos cantos mais escondidos. Com sua lança, desinfeta tendas, salas, banheiros, lixos, ambulâncias, macacões e corpos. Desinfeta tudo o que o Ebola toca. Ele também é chamado para ir às casas dos doentes. Pulveriza as paredes, os móveis e o chão. Levanta os objetos. Ninguém gosta de vê-lo. Ele não olha ninguém nos olhos quando passa o produto, porque tem muito medo de ler a angústia, o medo ou o ódio que inspira. Às vezes, não sabe se está trabalhando a favor ou contra a sociedade. Ele me disse várias vezes que queria voltar para a terra. Plantar inhame, mandioca e tomate vermelho.

Eu o ouço sussurrar que perdeu as ilusões. Em uma manhã, entrou em uma casa. Fazia dias que uma jovem esperava que os corpos dos pais fossem removidos. Eles estavam sem vida, deitados na casa vazia. Ela tinha ligado várias vezes para o número de emergência, para que a ambulância fosse buscá-los. Mas nada acontecia. Todas as ambulâncias estavam ocupadas em outro lugar.

Ela tinha ligado três vezes seguidas. Quando a equipe finalmente chegou, a jovem estava em um estado de desespero extremo e se sentia mal. Era tarde demais, ela estava doente.

Tudo é incerto. Pensamos que bastava unir forças para derrotar o Ebola. Mas o pulverizador tem razão. O vírus só recua para saltar melhor. Invejo as pessoas que vivem em outro lugar, longe deste país. Elas ainda podem acreditar na felicidade. Tomam decisões para o seu próprio futuro e para aquele de seus filhos. Dormem sem pesadelos. Invejo aqueles a quem a sorte oferece uma certa satisfação de viver. Para eles, os obstáculos não são intransponíveis.

O que me deixa mais triste é a humilhação dos doentes perante a morte. Eles ficam irreconhecíveis, perdem a identidade e o passado. No entanto, foram amados e amaram. Vi muitos deles, dos corpos descarnados que o Ebola já havia abraçado. Não tinham mais nada de humano. Entendi que nascemos com um dispositivo de contagem regressiva no organismo. Um tipo de relógio que sinaliza o fim da nossa vida na Terra. E quem dá corda nesse relógio? Porque, sério, não vejo lógica alguma em todo esse horror. Nunca gostei de ir à igreja. Mesmo quando pequeno, minha mãe evitava me levar lá porque eu fazia muitas perguntas embaraçosas. Tudo o que sei é que meu irmão vai à missa. Mas ele se recusou categoricamente a trabalhar no centro. Prefere ouvir o que o sacerdote diz aos fiéis: "O Ebola é a encarnação do Mal. Ele veio para punir vocês por seus pecados. Aqueles que se afastaram da palavra de Deus perecerão, os outros não têm nada a temer".

Se ao menos meu irmão entendesse a importância do que fazemos! Quando todas as precauções são tomadas na hora do enterro, ninguém contrai a doença.

Durante o nosso treinamento, foi-nos contada a história de uma curandeira tão renomada que pessoas de toda a região iam consultá-la. Conhecia as melhores ervas medicinais da floresta e sabia como fazer remédios muito eficazes. Diziam que suas mãos tinham um extraordinário poder de cura quando ela aplicava as ervas no corpo de um doente. Mas a mulher, que tinha um grande conhecimento, não tinha ideia do perigo que a aguardava. Ou tinha, mas queria absolutamente encontrar uma cura para a doença. Ela contraiu o Ebola de um de seus pacientes e morreu. Centenas de pessoas vieram de todos os lugares para assistir ao funeral. A procissão seguiu seus restos mortais até o túmulo, para lhe prestar uma última homenagem. Hoje, especialistas estimam que esse funeral foi a causa de mais de trezentas mortes. Aprendemos bem a lição. Mas isso não impede que as pessoas tentem enterrar seus mortos com dignidade. Então, já que não queremos que os escondam ou se recusem a entregá-los, concordamos em fazer concessões. Se os pais quiserem que o corpo fique em um caixão, não nos opomos. Se doam roupas especiais para vestir o defunto, respeitamos sua vontade. E, se os entes queridos quiserem ir ao cemitério, pedimos apenas que fiquem a quatro metros de distância. Alguns querem cavar o túmulo sozinhos. Não há razão para dizer não. Então lhes mostramos como fazê-lo. Só queremos que cooperem.

Levará anos para nos recuperarmos do que vivemos. Para esquecer. Digo a mim mesmo que a vida é incompreensível. A morte nos ensina a reencontrar a solidariedade.

# VII

*O amor de uma mãe carrega a morte em suas asas e percorre o céu movimentado.*

A mãe está morrendo. Seus órgãos a abandonam. A morte já não está longe. Seu espírito se dispersa. Choca-se contra as paredes da casa e tenta se desfazer no espaço. A mãe tem medo. Prefere ficar na estreiteza de seu mundo. Ela se contentaria com pouco: as flores do jardim, a canção de uma ave no parapeito da janela ou a pelagem macia do gato. Não quer deixar sua casa, da qual conhece os mínimos cantinhos. As paredes falam com ela. Os móveis sabem tudo sobre ela. Guardam os rastros dos dias ordinários, quando ela era feliz, ou mais precisamente quando ela podia aceitar a vida sem inquietação alguma. Seus pensamentos estão gravados no cimento. A casa tem o cheiro de seu perfume. Quando nela se entra, sua presença está em todos os lugares, do tapete aos bibelôs. Tudo faz pensar nela.

Quer morrer em casa. E diz:

"Fechem a porta virando a chave duas vezes. Cubram as janelas se quiserem, não irei embora de minha casa. Quero morrer na minha cama. Queimem a casa se acharem necessário, mas me deixem em paz! Não quero passar meus últimos dias com doentes agonizantes. Foi nesta casa que vivi com meu marido. Foi nesta casa que meus filhos cresceram. Todas as minhas lembranças estão aqui.

As boas e as ruins. A separação. O divórcio. As brigas. Os gritos na frente dos nossos três filhos em pranto. Mas também foi onde nos amamos imensamente. Nesta cama, nos abraçamos. Entre estes lençóis, concebemos a vida. E quando nossos meninos nasceram, foi nesta cama que os amamentei, oferecendo meu seio às suas bocas gulosas. Criei meus filhos sem nada lhes recusar. Sim, minha vida de mulher foi solitária, mas eu me sentia plena de afeto. Quando saíamos todos juntos, eu não podia deixar de sorrir de tanto orgulho que tinha de tê-los colocado no mundo.

Os filhos não devem morrer antes dos pais. Vai contra a lei da natureza. Devem ficar perto deles e ajudá-los quando envelhecerem, escutá-los, levar-lhes de comer e lavar suas roupas, oferecer-lhes a ternura que tanto lhes falta quando a vida fica pesada e cada passo é um esforço sobre-humano, quando cada respiração os queima e o coração fica em queda livre.

Uma mãe não deve ser testemunha da morte dos filhos. Seus olhos não podem descansar nos restos mortais deles, ver morrerem os seres que ela carregou no ventre sem poder lhes dar, novamente, a vida. Eu estava pronta para lhes dar o meu corpo como antes, quando comiam minhas entranhas e flutuavam na cavidade do meu ventre. Cuidei deles com todas as minhas forças.

Uma mãe não deve ver seus filhos findarem; ficar lá impotente diante da hemorragia. Éramos uma família unida apesar das dificuldades. O mais velho, bastante tímido e retraído, mas sempre preocupado com os outros. O segundo, o oposto, alegre e provocador. E o mais novo, amimado pelo carinho protetor dos irmãos mais velhos. Quando ficou doente, eles abandonaram tudo e voltaram para casa para me ajudar a cuidar dele. Éramos uma família unida. Nunca me senti sozinha. Eu era uma mãe plena.

O Ebola bate cegamente. Bate pelas costas e impiedosamente. Que força desconhecida guia sua mão? Uma força bruta e imparável.

Já faz tempo que Deus escolheu deixar os homens viverem e morrerem sem intervir. Em sua infinita bondade, o turbilhão de nossa existência não o toca. Aqueles que imploram sua piedade estão enganados. Ele possui os oceanos, a Terra, o céu e tudo o que a luz acaricia. Ele olha entediado para os seres humanos. Não seria uma experiência fracassada? Ele precisará de outra eternidade para remodelá-los. Enquanto isso, percorre o tempo de cima a baixo em busca de inspiração. Às vezes, vai dormir atrás do sol e esquecer quem somos. Seu sono é infinito. Deus está entediado e seu tédio é assustador. Ele está cego. Suas pupilas vazias perfuram nossas consciências. Ele está mudo, seu grito atravessa nossos corpos. Ele é único, sua solidão impregna todo o universo.

Das anêmonas fluorescentes às montanhas do Himalaia, nada se equipara ao esplendor de suas obras. Ele pensou em tudo, com infinita generosidade e delicadeza. E, no entanto, não recebeu nada em troca. Ou muito pouco. Sentiu-se, então, ultrajado. Agora, tudo lhe é indiferente e ele está cansado; cansado, inclusive, de sua própria eternidade. Ser eterno é exatamente o que ele não quer mais. Como amar sem fim? Como ser feliz sem conhecer a desgraça?

Deixem-me morrer na minha casa! Quero que ela enterre o meu corpo, que as paredes caiam e guardem o segredo de nossos arquejos. Chamei Deus em vão. É a você, agora, que eu me dirijo, Maria, a mãe de Jesus. Só você conheceu a separação, a ausência, a impossibilidade de mudar o mundo. Só você pode entender o meu sofrimento. Durante o parto, de seu ventre saíram a placenta e os restos de sua matriz. O sangue jorrou. Meu sangue vermelho, seu sangue. Mulher, cujo órgão sexual se dilatou para deixar vir a criança.

Confidencio-me a você, Maria. Pegue-me em seus braços e embale minha dor. Vou segui-la até o fim de sua paixão.

Você sofreu ao ver seu filho morrer tão cruelmente. Você, incrédula diante do desaparecimento do corpo, manteve-se de pé no limiar do túmulo vazio. Conheço sua história de cor. Tenho a bíblia ao meu lado. A bíblia, minha vida toda, meu farol na noite. Esta é sua dor:

*No domingo, Maria Madalena foi ao túmulo de manhãzinha, enquanto ainda estava escuro, e viu que a pedra havia sido removida da entrada do túmulo.*

*Ela correu até Pedro e o outro discípulo a quem Jesus amava e lhes disse: 'Tiraram o Senhor do túmulo e não sabemos onde o colocaram'. Então Pedro e o outro discípulo foram até o túmulo. Correram juntos, mas o outro discípulo correu mais rápido do que Pedro e chegou primeiro ao túmulo. Ele se inclinou e viu as faixas no chão, mas não entrou. Pedro, que o seguia, chegou e entrou no túmulo. Viu as faixas no chão. O lenço que havia sido colocado sobre a cabeça de Jesus não estava com elas, mas enrolado num lugar separado. Então o outro discípulo, que havia chegado primeiro ao túmulo, também entrou, viu e creu. Na verdade, eles ainda não tinham entendido que, de acordo com as Escrituras, Jesus tinha que ressuscitar. Então os discípulos voltaram para casa.*

*Maria, no entanto, ficou do lado de fora, perto do túmulo, e chorou. Chorando, inclinou-se para olhar dentro do túmulo e viu dois anjos vestidos de branco sentados no lugar onde estivera deitado o corpo de Jesus; um no lugar da cabeça e outro, dos pés. Eles lhe perguntaram: 'Mulher, por que você está chorando?'. Ela respondeu: 'Porque levaram meu Senhor e não sei onde o colocaram'.*

*Dizendo isso, ela se virou e viu Jesus de pé, sem saber que era ele. Jesus lhe perguntou: 'Mulher, por que você está chorando? Quem você está procurando?'. Pensando que fosse o jardineiro, ela lhe disse: 'Senhor, se você o pegou, me diga onde o colocou, e eu irei buscá-lo'. Jesus lhe disse: 'Maria!'. Ela se virou e lhe disse, em hebraico: 'Rabôni!', isto é, mestre. Jesus lhe disse: 'Não me segure, pois ainda não subi até meu Pai, mas vá até meus irmãos e diga-lhes que estou subindo para meu Pai e seu Pai, para meu Deus e seu Deus'.*

*Maria Madalena foi e disse aos discípulos que tinha visto o Senhor e que ele lhe tinha dito isso.*[3]

Acredito em você, Maria, mãe de Jesus, tão próxima de nós. Ajude-me a aceitar que meus filhos tomaram o caminho iluminado, finalmente aliviados do sofrimento terreno.

Minha boca tem gosto de sangue. Minha mente erra. Meu corpo se liquefaz. A dor me liga aos meus filhos como um cordão umbilical."

Mas lá, ao longe, uma sirene de ambulância lança um grito que quebra a textura do dia. Nas ruas da cidade, os passantes rapidamente saem do caminho, olhando com terror para onde o equipamento se dirige. Eles sabem que a morte se move a toda velocidade em busca de corpos.

De repente, a equipe chega à frente da casa. Um chute brusco e a porta do quarto se abre ruidosamente. Um forte cheiro de cloro invade a atmosfera. Os homens com o macacão de astronauta se inclinam sobre a mãe.

---

[3] João, 20, 1-18. [N.d.A]

# VIII

*Quando sobreviver dói mais que viver e a tristeza é caminhar, ainda, sobre a terra.*

Meu pai me disse: "Parta, vá embora. Vá para a casa da sua tia, na capital. A aldeia está amaldiçoada. Não volte nunca mais". Enfiei algumas roupas em uma bolsa e peguei o dinheiro que ele me deu. Eu sabia que estava me dando tudo o que sobrara. Quando o ônibus parou na estação central, minha tia estava lá para me receber. Na casa dela, chorei muito. Eu ficava no meu canto, conversava com meus primos de vez em quando, mas me recusava a sair. Alguns dias depois, comecei a sentir coceiras. Parecia que algo tinha entrado no meu sangue. Meu coração não era mais o mesmo, batia como um órgão cansado. Ao menor movimento eu perdia o fôlego. Tive uma dor de barriga violenta. Minha tia não sabia o que estava acontecendo comigo.

Finalmente, um dia, o ministro da Saúde emitiu um comunicado que fora transmitido pela rádio, pela televisão e por todos os jornais. Ele informava a população sobre o surto de uma doença caracterizada por uma alta taxa de mortalidade: "Nas amostras enviadas para a França e analisadas no Instituto Pasteur foi detectado o vírus Ebola (a espécie *Zaire Ebolavirus*)", disse. "Casos foram relatados em três distritos no sudeste do país, bem como em alguns bairros da capital. Além disso, vários países vizinhos também comunicaram a existência da doença em seu território. Assim, todas as medidas serão tomadas para controlar o surto do vírus. Apelamos à população que respeite as instruções de higiene. Todo consumo de carne de caça está, a partir de agora, proibido. As infrações a essa regra serão punidas rigorosamente com prisão. As mãos devem ser lavadas com água sanitária. Ao menor indício dos sintomas, é preciso ir rapidamente ao hospital mais próximo. Fiquem atentos. Fiquem calmos. Declaro estado de emergência em todo o território nacional".

O pânico tomou conta dos moradores. As sirenes das ambulâncias gritavam em todos os bairros. A polícia começou a prender pessoas suspeitas de terem a doença. Homens contaminados desmaiaram na rua e ninguém tocou neles. O Ministério da Saúde acionou equipes para coletar os corpos, mas o tempo de espera era muito demorado. A imprensa só falava da doença. Minha tia suspeitou de mim imediatamente. Ligou para o número central, para que uma ambulância me buscasse. Quando cheguei ao hospital, o resultado foi positivo. Fui admitida em uma ala do prédio reservada para pacientes com Ebola. Durante um mês e um dia, meu corpo oscilou entre a vida e a morte. Meu nariz sangrava, eu vomitava sangue, sofria terrivelmente. Ao redor, a confusão era assombrosa, por muito pouco a equipe médica não se deixou tomar pelo desespero. Cada cadáver deixava para trás fluidos corporais, sangue e secreções. Mal dava tempo de limpar os vestígios da morte e outra pessoa logo era trazida. Vi enfermeiras trabalhando, desprotegidas, enquanto os ladrilhos estavam sujos de vômito e fezes. Por medo de qualquer aproximação, de longe, eram-nos jogados pedaços de comida. Havia tantos mortos que os corpos eram empilhados em uma sala escura, alguns jogados com a cabeça primeiro, outros com as pernas separadas, em uma nudez revoltante.

Como sobrevivi? Por que fui escolhida já que não sou melhor que os outros? Ouvi doentes gritando ao pensarem no final horrível que os aguardava. Eles não entendiam. Sempre se comportaram bem na vida, não deveriam ser salvos?

Curei-me graças aos esforços dos cuidadores, que se entregaram totalmente para expulsar o Ebola do meu corpo. Eu lhes serei grata toda a minha vida. Mas entrar em um hospital é como entrar em um subterrâneo. Tudo fica escuro. Não há mais ponto de referência algum. Há apenas dentro e fora. O tempo é o mestre, imponente, é a ele que devemos obedecer. Esperar que o organismo retome suas forças, reencontre seu equilíbrio, recupere o lugar que perdeu.

Eu olhava, muitas vezes, através da janela. Olhava para a grande árvore que se mantinha majestosamente no pátio. Ela me lembrava do baobá da minha infância. Às vezes, de manhãzinha, eu ouvia os pássaros piarem em sua folhagem. Ela era muito bonita, sua presença me dava força. Aos poucos, comecei a reagir ao tratamento de reidratação. Meu corpo se insurgiu. Consegui sair da cama e voltar a caminhar. A pequenos passos prudentes. Fui até a árvore, até o reconforto que ela nos oferece na profundidade de nossa desgraça. Quando me apoiei nela, senti-a vibrando, com ondas profundas. Pousei o ouvido em seu tronco áspero e ela falou comigo, sussurrou que estava comigo. Passei, muitas vezes, os braços ao seu redor.

Fiz testes com muitos dias de intervalo. Todos deram negativo. O médico então declarou: "Você está livre, pode partir!". Lavei-me com água clorada. Recebi novas roupas, limpas, porque as minhas haviam sido queimadas quando cheguei. Deram-me um kit com alimentos ricos em proteínas e vitaminas para fortalecer meu organismo.

Quando quis voltar para a casa da minha tia, ela se recusou a me aceitar. Dois dos meus primos ficaram doentes. Ela me acusou de ser a responsável. Então voltei para o hospital, onde fui alojada em um dormitório reservado às famílias de pacientes que não queriam se afastar deles ou que não tinham para onde ir. Havia cartazes nas paredes. O local estava prestes a fechar. Os doentes seriam transferidos para centros antiebola que estavam sendo construídos em todo o país. Recrutava-se voluntários. Uma enfermeira veio me ver. Disse para eu me candidatar, porque eu não precisava mais temer o vírus. Eu tinha sobrevivido, estava imune. Ele não podia mais me fazer mal. Ela me disse que, como eu era jovem, poderia dar bons conselhos aos doentes da minha idade. Hesitei muito. Mas pensei nos meus pais e nos meus irmãos, de cuja morte eu soube na casa da minha tia. A dor de não poder fazer nada por eles ainda me roía. Era uma oportunidade de consertar isso. Aceitei ser designada para um dos novos centros de tratamento.

Quando pacientes jovens chegam, eu os recebo. Se vejo que estão desencorajados e dizem que em breve morrerão, digo-lhes que também podem sobreviver, como eu. Eles precisam saber que é possível. Eu sei muito bem como se sentem quando estão sozinhos na cama. É como se uma força desconhecida tivesse assumido o controle de suas vidas. Não sabem como se defender. É uma sensação que não desejo nem ao meu pior inimigo. Eu os encorajo. Digo-lhes que a doença pode atingir qualquer um, que não é culpa deles. Faço com que entendam que nunca devem desistir de lutar. Mesmo quando sentem a energia desvanecer.

Faço parte de um grupo de mulheres sobreviventes ao Ebola.

Circulamos pela cidade para explicar que pessoas como nós ainda têm um lugar na comunidade. Que não são perigosas. Não devem ser banidas. Tentamos tranquilizar as pessoas falando calmamente. Em geral, somos acompanhadas por mulheres que nunca foram contaminadas pelo vírus. Damos as mãos, caminhamos juntas e conversamos entre nós para mostrar que não há nada a temer.

Sim, é verdade, tive sorte de sair dessa. Mas, no fundo, não posso deixar de pensar que não era eu quem deveria ter sido poupada. O homem que deveria ter sobrevivido, a todo o custo, era o nosso médico-chefe, que curou centenas de pessoas doentes. Era o único especialista em febre hemorrágica do país. Todos oramos, mas ele não pôde ser salvo. Todos os jornais falaram sobre sua morte.

Li que um dia, no centro antiebola que ele dirigia fazia muitos meses, ele dissera a um de seus colegas que não estava se sentindo bem. Naquela mesma manhã, tinha visitado os doentes. Ao ver um enfermeiro que havia contraído o vírus e estava entre os pacientes, ele lhe perguntou: "Ah, meu filho, o que você está fazendo aqui?". Ele não sabia que em breve seria sua vez. O centro estava cheio, havia pacientes em todos os lugares, mesmo em esteiras colocadas no chão. Ele não queria parar, talvez não pudesse. Logo sentiu calafrios e teve que concordar em tirar alguns dias de folga. Não era uma crise de malária, era o Ebola.

Seus colegas imediatamente se mobilizaram. Pediram à filial local de uma grande organização de saúde que o evacuasse urgentemente para a Europa. "Não", respondeu a administração, "o médico-chefe não é membro da nossa equipe". Uma petição circulou, pedindo à comunidade internacional que o enviasse aos Estados Unidos ou à Grã-Bretanha para que fosse tratado. Sem sucesso.

Pesquisadores canadenses trabalhando em um laboratório local tinham um pequeno estoque de um tratamento experimental. O "soro secreto" mostrou-se eficaz em macacos infectados pelo Ebola. Nunca tinha sido usado no homem, mas representava, afinal, a chance de salvá-lo. Infelizmente, ele foi transferido para outro centro de tratamento. Contra todas as expectativas, os responsáveis desse centro responderam que, em sua alma e consciência, consideravam injusto administrar-lhe o soro quando havia tantos outros pacientes que precisavam dele tanto quanto ele. Além disso, não apoiavam o uso de tratamentos experimentais, cujos efeitos ainda não eram conhecidos e podiam ser negativos em longo prazo. O tempo passou e sua saúde se deteriorou.

Finalmente, após muitas discussões e negociações, sua evacuação para o exterior foi autorizada. Mas não pôde ser realizada por causa dos vômitos, o que tornava seu transporte extremamente perigoso. Era preciso, primeiro, contornar esse obstáculo.

O tempo estava passando. Ele morreu alguns dias depois.

O país inteiro ficou profundamente consternado. Pela primeira vez, o Ebola tinha um rosto conhecido. Um jovem médico falando em uma rádio explicou que o impacto dessa morte ia muito além das fronteiras nacionais. Ele revelava as profundas desigualdades que existem no acesso ao tratamento, bem como a indiferença e a inércia institucional da administração da Saúde. No exterior, um político do alto escalão anunciou: "A mundialização tanto nos aproxima de nossos companheiros africanos como nos afasta pela imprensa. Mas também pela nossa indiferença geral para com a grande crise em que esses países estão mergulhados. O engajamento, seja internacional, nacional, comunitário ou individual, parece parar nas fronteiras que construímos".

Precisávamos tanto da coragem dele!

Precisávamos tanto do exemplo dele!

Ele não foi o único a morrer assim.

Nós, que sobrevivemos à doença, sofremos em silêncio. Temos cicatrizes invisíveis, porém dolorosas. Queremos levar uma vida normal, mas a marca do vírus nos separa dos outros. Na aldeia, a casa da minha família foi incendiada, tudo o que resta são cinzas e madeira seca.

Outro dia, a chuva caiu. Fiquei contente. A chuva, finalmente. Saí para que ela tocasse meu corpo. Para que cada gota de água me dissesse que eu estava viva. Para que cada gota de água lavasse meu rosto e me mostrasse que é sempre possível voltar a viver.

# IX

*Não é o uniforme que faz o homem, são as circunstâncias que fazem o coração bater com nobreza.*

Sou prefeito, responsável pelas equipes de conscientização que percorrem minha região de cima a baixo. Elas têm que explicar tudo demoradamente. Dar informações sobre a doença: os modos de transmissão, os riscos, os cuidados atuais. Devem insistir na necessidade de ir a um centro de tratamento desde os primeiros sintomas. Na obrigação da quarentena, em certos casos. Devem repetir as rigorosas instruções de segurança.

Para vencer o vírus, é preciso mais do que ciência. Muito mais. Reduzir a incompreensão. As tensões. O medo. Os homens não são meros vetores de contaminação. Tanta frieza é contraindicada. Tanta racionalidade científica só dificulta os esforços.

Assim, repito à minha equipe que é preciso conseguir convencer, convencer os homens de que não devemos mais visitar os doentes, de que não é mais possível visitar parentes ou amigos para apoiá-los nessa provação.

A doente está caída na poltrona. Roupas amassadas, tranças desfeitas. Rosto pálido e mãos trêmulas. Há pessoas ao seu redor. As moças estão muito ocupadas na cozinha preparando o mingau. As crianças brincam em um canto da casa. O filho dela, a filha dos vizinhos. Esta tem apenas dezoito meses de vida e caminha entre os adultos, apoiando-se neles. O marido da doente está no quarto. Ele também não está bem. Suas irmãs vieram cuidar do lar. Elas estão limpando a casa. Ninguém sabe que a doença já preparou seu terreno e que, quando avançar, será a toda velocidade. Entre os visitantes, não restarão muitos. Mas, desde sempre, a solidariedade foi expressa dessa forma. Tanto nas aldeias como nos bairros da classe operária. Se eu o ajudar hoje, amanhã você vai me ajudar. Isso os torna mais fortes. Foi assim que foram educados. Mostrar simpatia. Dar algum dinheiro para os remédios. Levar uma bebida. Um gesto é importante.

Minhas unidades de conscientização explicam, portanto, que eles devem acabar com esse modo de vida, não mais cerrar as mãos, tocar-se, abraçar-se, mas afastar-se uns dos outros, ficar em casa, lavar as mãos com desinfetante antes de entrar em um local público.

As equipes informam que, mesmo que uma pessoa não mostre nenhum sinal preocupante, ela pode já estar contaminada. E, assim que adoece, continua sendo contagiosa por várias semanas – bem como depois de sua morte. Na verdade, o mais perigoso é o cadáver. Acima de tudo, não toque nele. É altíssima a porcentagem de mortos pelo Ebola, e não há remédio para detê-lo!

As unidades de conscientização acrescentam, para tranquilizar as pessoas, que não é um vírus novo. Os médicos o conhecem bem. Sabem como é transmitido. O que é preciso fazer para se proteger. Sabem que não dá para pegá-lo pela respiração. Isso é uma boa notícia.

As equipes de conscientização precisam ser pacientes. Devem saber como encontrar as palavras certas. Porque, quando as pessoas têm medo, agem de forma irracional. Fazem circular informações contraditórias e rumores sobre o Ebola. Há muita incerteza nas mentes, o alcance e a virulência do Ebola são dificilmente imagináveis ou dificilmente aceitáveis. Então, às vezes, mentir para si mesmo é mais fácil. Não acreditar, mesmo quando a prova está ali, em sua própria aldeia, em sua vizinhança. Apesar dos avisos, muitos preferem esconder seus doentes. Ou morrer com eles se a ameaça for real. "De que adianta? Tudo já está perdido", dizem. Mais frágeis, as mulheres e as crianças estão sujeitas às leis dos mais velhos. Afastadas das discussões, não têm a ciência dos perigos que pairam ao seu redor.

As equipes de conscientização precisam encontrar o tom justo.

Também estou enviando outras unidades às áreas remotas, em veículos 4x4 fornecidos por uma organização humanitária. Elas distribuem kits de proteção familiar e desinfecção domiciliar. Toda vez que uma equipe se aproxima de uma aldeia onde casos de Ebola foram relatados, todos os membros estão cientes dos riscos que correm. Chegam calçados com botas de borracha e vestidos com uniformes de agentes oficiais. Não tocam em nada. Mantêm-se afastados. Usam luvas ao distribuir folhetos ilustrados mostrando as vias de transmissão do vírus. Às vezes, as pessoas encolhem os ombros quando lhes é dito que não devem mais comer carne de caça. "Não faz sentido algum", dizem. "Como vamos nos alimentar?"

As equipes de conscientização sabem que não devem responder às provocações. Em todas as aldeias da região, elas passam dias inteiros conversando e deixando claro que essas medidas não durarão eternamente. Apenas o tempo suficiente até que a terrível doença desapareça. Os homens ficam incrédulos. Perguntam: "Vocês dizem que, se ficarmos doentes, devemos ir imediatamente a um centro antiebola. No entanto, são vocês mesmos que dizem que não há tratamento. Do que se trata exatamente?"

Na impiedosa guerra contra o Ebola, a palavra é uma arma poderosa. Pelo menos, é nisso que eu gostaria de acreditar. Mas muitos problemas persistem. Por que, em plena epidemia, centenas de funcionários da saúde pública exigem indenizações e ameaçam fazer greve? Eles querem compensação financeira por todos os riscos que correm. Querem ter a certeza de que suas famílias serão cuidadas se eles morrerem de Ebola. Assegurei-lhes que tentaria mover céu e terra por eles.

É verdade que muito dinheiro circula nesses tempos de crise. Eu teria preferido que a comunidade internacional não tivesse anunciado em alto e bom som todos os montantes da ajuda humanitária. Números gigantescos. Isso dá uma falsa ideia da situação. A economia está em colapso. As atividades cessaram. As trocas comerciais com os países vizinhos foram interrompidas, as fronteiras estão fechadas e os projetos de infraestrutura foram adiados. Os voos da maioria das companhias aéreas, cancelados. Os turistas desapareceram, as escolas e a universidade fecharam as portas. As lojas e as feiras estão desertas. Os camponeses não cultivam mais seus campos. As doenças comuns não são tratadas. Não há mais remédios disponíveis. Os tratamentos médicos foram interrompidos abruptamente. Se alguém cai na rua por causa de um ataque cardíaco, ninguém se aproxima. A pessoa permanece desassistida, até que uma ambulância a leve a um centro de controle antiebola, onde ela não deveria estar. As mulheres grávidas não têm lugar para dar à luz.

Ebola! Ebola! Ebola!

No entanto, nos primeiros meses, a epidemia foi subestimada. A arrecadação de fundos foi lenta. Em vez de criar simpatia e apoio, a intensa cobertura da imprensa provocou uma reação de autoproteção e rejeição.

Os especialistas em doenças infecciosas conhecem bem a existência do vírus Ebola. Mas pensaram que ele iria se comportar como de costume. Atacar um lugar muito localizado e depois partir, após algumas dezenas de mortes. Desde a identificação do vírus em 1976, as cerca de vinte epidemias declaradas não foram sempre de baixa intensidade? Mas, com o passar do tempo, eles perceberam o erro. O vírus mudou de tática. Ele havia deixado a floresta e ido para a cidade, onde a densidade e a mobilidade da população eram maiores. A partir de então, localmente, as ONGs deram o alerta: temos de agir rapidamente! Elas estão indignadas com a falta de resposta, alegando que, se a crise tivesse atingido outra parte do mundo, teria sido tratada de forma diferente.

Tarde demais, a epidemia está fora de controle. O vírus circula em três países diferentes e ameaça ir ainda mais longe. No Ocidente, surgem os primeiros casos de contaminação. A imprensa entra em pânico. A comunidade internacional entra em pânico. Um padre espanhol é repatriado com urgência depois de ter sido contaminado em um centro antiebola. Ele morre em decorrência do vírus, na Espanha. Poucos meses depois, outro missionário morre em um hospital de Madri, depois de infectar uma cuidadora que se ocupava dele. Ao mesmo tempo, um viajante africano adoece nos Estados Unidos e entrega a alma alguns dias após sua chegada, contaminando duas enfermeiras. A preocupação aumenta quando os americanos descobrem que a segunda enfermeira tomou um avião após ter cuidado do paciente. As autoridades sanitárias são obrigadas a rastrear os cento e trinta e dois passageiros que viajaram com ela e que devem ser colocados em observação. O mundo está plenamente ciente da magnitude da ameaça. Até onde a epidemia se espalhará? Quanto tempo durará? A possibilidade de uma pandemia espalha a psicose.

Os países ocidentais estão percebendo que são vulneráveis. Foram instalados, na maioria dos aeroportos, dispositivos de controle na chegada de voos provenientes da área geográfica afetada pelo vírus. Verificação na partida. Medição da temperatura dos viajantes. Formulários médicos a serem preenchidos. Isolamento de passageiros suspeitos.

Agora é preciso desembolsar dinheiro o mais rápido possível! A ajuda internacional duplicou. Triplicou. Quadruplicou. Os chefes de Estado ocidentais se reúnem para elaborar um plano de ação para enfrentar a crise sanitária. O Conselho de Segurança da ONU cria uma missão de emergência, inteiramente dedicada à luta contra o Ebola. A organização pede a seus países-membros que "acelerem e ampliem drasticamente a ajuda financeira e material".

Todos os continentes se mobilizam, contando com a participação de muitos setores de atividade, públicos e privados. No entanto, o dinheiro não é suficiente e o vírus continua ganhando terreno. Os especialistas alertam: "A epidemia está à nossa frente, bem longe de nós, está indo mais rápido e está vencendo a corrida...".

O presidente americano propõe então uma resposta muito mais agressiva: a guerra!

Tropas militares são enviadas. Os outros países o seguem, a França e a Grã-Bretanha. Soldados treinados para o combate, capazes de enfrentar um inimigo invisível e extremamente perigoso. Capazes de conter os movimentos da multidão, de proteger as áreas de alto risco. Transportar equipamentos, construir novos centros de tratamento. Recrutar e garantir treinamento intensivo para profissionais da saúde. Uma ofensiva maciça. Uma guerra feroz que exige o compartilhamento de informações estratégicas e médicas entre todos os países.

Assim, será necessária a presença dos militares para que o vírus bata em retirada. Mas eu, que estou em campo, se pudesse fazer uma observação, certamente me dirigiria à comunidade internacional. Eu lhe diria que o medo pode provocar fortes reações que desbloqueariam recursos significativos e acalmariam a opinião pública. Mas os resultados não serão necessariamente os melhores em longo prazo. A verdadeira solidariedade é aquela concebida para durar. Nesse sentido, se eu pudesse dar outro conselho à comunidade internacional, pediria que verificasse a forma como a ajuda foi gerida. Será que os projetos de reabilitação da infraestrutura médica realmente se concretizaram? Será que a capacitação do pessoal é eficaz? Estamos mais bem preparados para a possibilidade de outra catástrofe ou o esquecimento já se instalou na lentidão dos dias?

# X

*Quando o espectro da morte divide os homens, não devemos desviar o olhar.*

Eu era um voluntário estrangeiro em uma ONG, em um centro de tratamento no coração de uma área remota, quando fui infectado pelo Ebola. Fui imediatamente transportado para a capital, onde uma equipe médica estava à minha espera. O procedimento de repatriação foi executado. Fui colocado em uma tenda de plástico, transparente, pressurizada e altamente protegida. Um tipo de câmara de isolamento móvel. Um avião, equipado especialmente com um sistema de isolamento biológico aeromédico usado para pacientes altamente contagiosos, estava parado na pista de decolagem. Assim que minha tenda foi instalada, o avião decolou. E, comigo, toda uma equipe médica. Longa viagem de volta, durante a qual fiz uma retrospectiva de toda a minha vida. O desejo de África. A vontade de servir em um país onde tudo ainda deveria ser feito. Lá encontrei uma humanidade que me levou a recomeçar e a ser mais humilde. Mas, deitado naquela bolha, só conseguia pensar no inferno que acabara de deixar.

Após a aterrissagem fui levado de ambulância, acompanhado por vários veículos que formavam um comboio, para o hospital que tinha um serviço especializado em doenças infecciosas. Vestido com um macacão isolante, caminhei, ajudado por um de meus acompanhadores, até o interior do prédio. Tive muita sorte. A maioria das empresas de assistência médica recusava aceitar doentes tão contagiosos quanto eu. É aceitável repatriar alguém que ofereça alta probabilidade de contaminar aqueles que o rodeiam? Em que condições? E, se isso não fosse possível, como justificar a recusa, e que voluntário aceitaria, agora, arriscar sua vida dessa forma?

Chegou o diagnóstico: insuficiência generalizada dos órgãos. Fui para a UTI.

Algumas semanas depois, da minha câmara de isolamento, minha primeira declaração televisionada foi esta: "A todos que me apoiam e me enviaram votos de boa recuperação, eu gostaria de dizer que estou recebendo o melhor tratamento possível. Sinto-me cada vez mais forte. Tive o privilégio de trabalhar muitos anos na África. Quando a epidemia do Ebola foi declarada, eu quis me envolver na luta contra esse vírus terrível. Vi a devastação e a morte. Ainda me lembro de cada rosto e de cada nome. Obrigado por suas orações. Que Deus nos ajude nestes tempos de grande incerteza".

Saí do hospital, oficialmente curado, depois de mais de um mês de terapia intensiva combinada com tratamento experimental. Naquela ocasião, muitos jornalistas assistiram à coletiva de imprensa. Minha esposa e meus filhos estavam comigo.

A ciência tinha vencido!

Vários meses se passaram sem incidentes. Um dia, no entanto, comecei a me sentir mal e precisei voltar para o hospital em que tinha sido admitido pela primeira vez. Os médicos descobriram que o Ebola havia deixado sequelas no meu corpo. Os resultados dos testes mostraram que o vírus tinha se alojado dentro do meu olho esquerdo. Antes da doença, minha pupila era azul. Depois da doença, ficou verde. O Ebola tinha conseguido se esconder ali, onde não se esperava encontrá-lo. Ele havia se escondido em um lugar seguro, em um órgão que meu sistema imunológico tinha dificuldade de alcançar.

Eu não sabia que sequelas eram comuns em sobreviventes do Ebola: dor nas costas, inflamação nos tendões, formigamento nas pernas, inflamação nos olhos que podia levar à cegueira, fadiga extrema, dificuldades cognitivas e outros efeitos colaterais. O Ebola consegue se refugiar nas articulações, na medula espinhal, nos testículos, no esperma e talvez também nas secreções vaginais. Assim, os seres humanos se tornam, por sua vez, reservatórios de vírus! Ninguém sabe ainda se é por pouco ou muito tempo.

A história do Ebola está cheia de especulações, questionamentos, respostas incompletas e várias hipóteses.

Eu já tinha sido evacuado quando a estratégia de quarentena foi imposta no país que eu havia acabado de deixar. Como eu poderia ter pensado que, um dia, homens, mulheres e crianças seriam tratados como pestíferos e encarcerados à força em seu próprio bairro?

Policiais e soldados com farda de combate enviados pelo governo bloqueiam a entrada e a saída. Os habitantes da favela acordaram de sobressalto. Acabaram de saber que estão encerrados, aprisionados, exilados. Interdição absoluta de deixar os limites do casebre em que sempre viveram. Em uma miséria de esgoto a céu aberto. Odores nauseabundos, lixo acumulado ao longo dos anos, nunca retirado. Conexões elétricas ilegais, cabos arrastando no chão. Poços comuns onde as mulheres vão buscar água em grandes bacias plásticas, galões e baldes, que ficam armazenados dentro das choças. Escolas superlotadas onde a meninada se espreme em bancos oscilantes diante de lousas desgastadas. Professores espantados com o peso de sua tarefa. Nem um hospital por perto, apenas dispensários deteriorados e clínicas privadas que oferecem falsas curas. Vendedoras passam em cada aldeamento familiar, com bandejas na cabeça, cheias de comprimidos e pílulas vencidas ou de origem duvidosa.

Os moradores da favela descobrem que ninguém entra nem sai. "Queremos proteger as populações que ainda não foram afetadas. Alimentos, suprimentos médicos e bens essenciais serão distribuídos a vocês", grita uma voz oficial em um alto-falante.

A raiva irrompe. Bandos de jovens armados com pedras e varas tentam arrancar o arame farpado que bloqueia a passagem, instalado à noite. Eles querem fugir. Os soldados recorrem às armas, atiram na multidão, que recua. Um adolescente, com o rosto desfigurado pela dor, tem a perna ferida. É possível ver a carne viva e o osso quebrado por uma bala. "Socorro!". Ninguém vai acudi-lo em meio à confusão e à raiva que tomaram conta do lugar.

Algumas semanas antes, um centro de isolamento instalado no bairro havia sido saqueado e os pacientes, liberados. O gerador, a comida, os colchões e os lençóis sujos de sangue foram levados em meio à completa ignorância com relação à contaminação. Gás lacrimogêneo. Dispersão dos saqueadores. O governo impôs um toque de recolher imediato. O presidente alertou a população revoltada. Ele proferiu ameaças, o assunto era sério, tratava-se da segurança nacional. A anarquia tinha que ser interrompida por todos os meios.

As próximas epidemias, porque haverá outras, atingirão as aldeias nas florestas ou as grandes cidades? Será que entendemos que este não é o fim, mas o início de uma longa batalha?

# XI

*Crianças órfãs são astros que gravitam longe do Sol.*

Olhando a criança adormecida, vencida pelo cansaço, me perguntei o que aconteceria com os órfãos do Ebola. Aos sete anos de idade, passou meses vagando pelas ruas da capital sem saber aonde ir. Meses se alimentando de sobras ou sem comer por vários dias. Meses dormindo na poeira. E, no entanto, o menino é um milagre. Não foi contaminado quando ficou em casa com os pais doentes.

Li no jornal que o Ebola é particularmente virulento em crianças. Quanto mais jovens, mais fraco é seu sistema imunológico e mais vulneráveis elas são. Aliás, estranhamente, o período de incubação é duas vezes mais curto do que em adultos.

Olho com imensa pena para o menininho que testemunhou, impotente, a morte do pai e da mãe. Quando a equipe de enterro chegou para coletar os corpos, alertada pelos vizinhos, ele se escondeu na cozinha. Pela porta entreaberta, viu os homens transportando os cadáveres depois de os terem pulverizado abundantemente com cloro. Um cheiro tenaz, de repente, impregnou o ar e ficou para sempre em sua mente. De manhãzinha, quando ele saiu do esconderijo, ninguém o quis. As pessoas se recusaram a deixá-lo se aproximar e lhe pediram que deixasse o bairro. "Saia daqui!", gritou um vizinho, "não queremos ser contaminados!". Como o Ebola entrou em sua família, achavam que ele carregava o vírus no corpo. O medo venceu a compaixão. Acho que antes ele teria sido espontaneamente recebido pelos vizinhos enquanto esperava alguém de sua família aparecer. A rua virou seu refúgio. Mas que refúgio? Ele ficou sozinho por muito tempo, depois viveu com outras crianças rejeitadas como ele, marginais que os passantes evitavam. Eles vasculhavam as latas de lixo ou roubavam o que podiam, sabendo que não iriam atrás deles. Foi somente no final da epidemia que membros de uma organização humanitária o encontraram vagando pelos meandros da cidade e o levaram, com outros meninos, para um centro de acolhimento temporário. Lá, foi-lhe oferecida uma espécie de normalidade, uma rotina tranquilizante. Brincadeiras com os companheiros do centro. Sessões de contação de histórias e enigmas. Concursos de canto. Para os voluntários, o importante era fazer com que sorrissem de novo, um pouco, ajudá-los a não pensar muito naqueles que haviam perdido.

Graças à sua rede de localização de famílias, o centro de acolhimento me encontrou. Um dia, homens bateram na porta de casa. Eles me explicaram que estavam procurando um lar para o pequeno. Sou apenas uma parente distante do lado paterno, mas não importa, as distinções entre os laços familiares não são rígidas em casa. Explicaram-me, então, que não havia nada a temer porque, um ano após a morte de seus pais, ele nunca havia contraído a doença. Aceitei cuidar dele. Isso foi mais difícil para minha filha e seu marido, porque eles têm dois filhos e uma filha pequena, e no início não concordaram. No entanto, todos entenderam que era preciso continuar a se esforçar. Isso também tem a ver com o Ebola. Para nos ajudar financeiramente a cuidar dele, foi-nos prometido um auxílio social e recebemos um colchão de solteiro, lençóis, alimentos, algumas roupas e sapatos, além de alguma louça.

O menino me chama de "avó". É o que eu gostaria de ser para ele. Mas, nesses dez dias que o temos conosco, comecei a me perguntar o que o futuro lhe reserva. Não é apenas com ele que me preocupo, mas também com os jovens que viveram a epidemia. Talvez não sejam todos órfãos, mas o que suportaram, as cenas horríveis, o medo físico, deixou doloridas feridas neles. Perderam sua inocência. Perderam seu reino. Perderam sua juventude. Sabem, agora, que seus pais não são imortais, que a vida pode mudar da noite para o dia. São crianças, mas já são velhas. Será que ainda poderão viver sem temer a volta do horror?

Tantas crianças foram afetadas pelo Ebola! Há também aquelas que foram infectadas e sobreviveram. Hoje, algumas são chefes de família. Devem cuidar sozinhas de irmãos e irmãs nos escombros de suas casas. Nada mais lhes resta. São chamadas de "crianças do Ebola".

Antes de dormir, o menino me perguntou se poderia voltar logo para a escola. Ele mal começara a frequentá-la quando tudo irrompeu. Eu disse que sim, que provavelmente era possível, porque o governo acabava de anunciar a reabertura das escolas. Tento ser positiva, mas não sei se ele é capaz de acompanhar as aulas. Sua mente está dispersa, ele não consegue se concentrar na menor tarefa. Parece ter esquecido o passado, exceto quando lembranças surgem abruptamente e interrompem seus pensamentos. A história do que lhe aconteceu quando ele estava na rua muda todos os dias. Ele tem dificuldade de separar o verdadeiro do falso, de viver na realidade.

Não sei se posso realmente cuidar dele. Apesar do carinho que demonstro ter por ele, tudo o deixa triste. Quando vê meus netos com o pai, procura um canto para chorar. Diz que é culpa dele o pai estar morto. Precisa de tempo para esquecer.

Sim, a epidemia terminou. E, no entanto, ainda vivemos nas garras do Ebola. Reconforta-me saber que ainda há pessoas que pensam em nós. Organizações médicas internacionais permaneceram aqui para oferecer cuidados aos sobreviventes do Ebola, os quais, sem elas, nunca veriam um médico. Pois são os mais pobres que mais sofreram e continuam a sentir os efeitos da epidemia. Várias ONGs internacionais também apelam à generosidade do mundo exterior. Propõem, a quem possa ajudar financeiramente, o apadrinhamento ou amadrinhamento das crianças do Ebola, para lhes dar melhores oportunidades na vida.

Há muito a ser feito em todas as áreas. O país precisa ser reconstruído.

Desde o fim oficial da epidemia, a fase de descontaminação de todos os centros de tratamento começou. É preciso desinfetar as áreas de alto risco nas quais os pacientes foram tratados e onde se pode entrar apenas com um macacão de proteção, até que o vírus não tenha mais nenhum lugar para se esconder. A tarefa é mais fácil nas áreas de baixo risco, onde ficavam as salas e os escritórios da equipe médica.

Há equipamentos de três categorias nos centros, e agora é preciso fazer algo com eles. Muitas camas e colchões, uma vez desinfetados, poderão ser reutilizados, assim como cadeiras e mesas. O material danificado deve, por fim, ser queimado, e instrumentos médicos, como seringas, devem ser desinfetados e enterrados.

Ainda precisamos ser prudentes. Precisamos recuperar as forças, reaprender a viver.

# XII

*A poesia consola um pouco diante do poder absoluto da morte.*

Quando ela mostrou os primeiros sinais da doença, não pude fazer nada. Eu queria mantê-la perto de mim, cuidar dela. Mas sabia que não adiantaria nada. Não sou médico – comigo, ela perderia todas as possibilidades de ser curada. Comigo, morreríamos juntos. Pensei nisso. Nós dois partirmos.

Em sua agonia, ela me implorou: "É o Ebola, me mate logo, estou condenada. Não quero partir sofrendo horrores. Não quero que você me veja assim. Me ajude". Mas, se houvesse uma chance de curá-la, por mais ínfima que fosse, eu tinha que aproveitá-la.

Chamei a ambulância para nos buscar. No veículo, estávamos de mãos dadas. Quando chegamos, entramos na tenda de triagem pela qual todos os pacientes passam, obrigatoriamente. A equipe médica ficou a dois metros de distância e mediu nossa temperatura com o termômetro infravermelho apontado para a testa, aquele que parece uma pistola. Em seguida, fizeram-nos perguntas muito específicas: "Você está vomitando, sangrando, sente enjoo, está com dor de garganta, soluços ou outros sintomas anormais? Você esteve recentemente em contato com alguém contaminado pelo Ebola?". Minha noiva disse que um de seus colegas do escritório tinha sido infectado e respondeu sim a várias perguntas. Quanto a mim, eu tinha um pouco de febre, mas nenhum outro sinal da doença. Fui encaminhado para a área de casos suspeitos enquanto aguardava os resultados laboratoriais. Fiquei desesperado ao vê-la ir para a área de casos confirmados, acompanhada por dois cuidadores de macacão. A imagem fez meu sangue gelar nas veias. Eu me arrependi de ter tomado a decisão de trazê-la a este lugar. E se eu nunca mais a visse? Fiquei com raiva de mim por abandoná-la no momento em que ela enfrentaria sua maior batalha. Se ela a perdesse, não restaria nada de nós.

Estamos aqui há vários dias. Todas as manhãs, as enfermeiras medem minha temperatura e me observam, vigiando cuidadosamente os sintomas da infecção. Meu primeiro teste deu negativo, preciso esperar o próximo. Casos suspeitos podem passear no pátio, ler, se exercitar ou até mesmo jogar cartas com os outros. Empurro uma cadeira contra a parede externa da nossa sala e, protegido pelo telhado de chapa que desenha uma faixa sombreada no solo vermelho, mantenho meu caderno aberto sobre os joelhos. Escrevo poemas. Na verdade, não são minhas criações, mas poemas que conheço de cor e que ela gostava de me ouvir declamar. Ainda me lembro de nossas noites poéticas. Assim que termino de copiar um poema, rasgo a página do caderno, dobro-a em quatro e a entrego a um enfermeiro, para que ele a coloque ao pé da cama da minha noiva. Foi o jeito que encontrei de estar perto dela, de lhe mostrar toda a minha afeição.

*Já faz muito tempo*
*Que canto teus passos*
*E escuto teu sopro*
*No meio da noite*
*Faz muito tempo que teu perfume*
*Possui todos os meus sentidos*

*E que tua voz entoa*
*A mil ecos longínquos*
*Muito tempo que teu sorriso*
*Esquissa minha vida*
*E que teus dedos vivos*
*Fiam meus dias*
*Tempo demais que conheço*
*O ritmo de teus batimentos*
*E o veludo preto*
*Da tua pele sombreada*[4]

Foi mais difícil lembrar o segundo. Cada vez mais pessoas chegam ao centro. Cada vez mais pessoas morrem. Vejo as equipes do enterro levando os corpos, apressadas. Agora eu sei tudo sobre o centro, como funciona, e conheço a maioria dos cuidadores. É um lugar isolado do mundo, onde a esperança quase não desabrocha. Acho a poesia fútil em um lugar assim. Passo a maior parte do tempo perto da barreira que separa minha área da dela. Posso coletar informações fragmentadas. Dizem-me que seu estado ainda é crítico e que ninguém pode se pronunciar.

Lembro-me do dia em que nos conhecemos. Foi em uma festa na casa de amigos. Havia música e muita comida. Assim que ela entrou na sala, eu tive imediatamente a sensação de que ela seria alguém importante para mim. Passamos a noite conversando, os outros não existiam mais. Depois, não nos deixamos nunca mais. As pessoas dizem que somos parecidos porque temos o costume de agir da mesma forma e de rir das mesmas piadas. Às vezes acho que também pensamos nas mesmas coisas.

---

[4] Poema da autora, por ela adaptado. Fonte: TADJO, V. *Latérite*. Paris: Hatier, 1984. [N.d.T.]

Anunciamos o projeto de casamento aos nossos pais e começamos a morar juntos. O que amo nela é sua gentileza. Ela é linda, mas para ela isso não importa. Olhos profundos, tez uniforme, cabelos espessos. Quando sorri para mim, é mais forte do que eu: me apaixono novamente por ela. Não suporto a ideia de que ela possa sentir dor, de que possa sofrer. Morrer? Impossível. Ela vai sair logo, tenho certeza. Vamos deixar o centro e retomar nossa vida a dois.

Recomecei a escrever. É a única coisa que nos une, a única maneira de expressar meu amor por ela, de lhe transmitir força. O segundo poema:

> *Ainda me lembro*
> *De nos teus olhos*
> *Ter entrado*
> *De ter observado*
> *As dobras do teu rosto*
> *E ouvido a tua voz ressoar*
> *Eu me lembro*
> *De contigo ter partilhado*
> *Um momento do tempo*
> *Criado um ponto no espaço*
> *Eu me lembro de um lugar eterno*
> *Onde batizamos*
> *Os minutos*[5]

Ela deve vencer essa guerra. Ela tem que sair vitoriosa.

Guerra, sim. O país conheceu outra guerra, igualmente devastadora. Aquela dos homens, dos líderes ávidos de poder.

---

[5] Poema da autora, por ela adaptado. Fonte: TADJO, V. *A mi-chemin*. Collection Poètes des cinq continents. Paris: L'Harmattan, 2000. [N.d.T.]

Hordas de combatentes descalços, mercenários raivosos, soldados com olhos sanguinolentos, Kalashnikov em mãos, espalharam o terror na cidade encurralada por uma rivalidade mortífera. Pilhagens, estupros, massacres, nada os parava. Crianças assassinas, recrutadas pela lealdade ao seu chefe da guerra e levadas à loucura pelo álcool e pelo cânhamo, descarregavam as armas em civis à mínima contrariedade; ou melhor, sem motivo aparente. Matar não significava nada para elas, já que haviam sido encontradas em casebres escuros onde a miséria as agarrava pela garganta. Tudo foi destruído, imóveis crivados de balas, escolas com telhados desabados, hospitais saqueados. Os habitantes tentavam fugir dos confrontos. Meus pais, minha irmã, meus dois irmãos e eu mal conseguimos escapar em nosso carro desmantelado, atirado, no meio da noite, nas estradas fechadas por barricadas de milicianos armados até os dentes de pistolas e facões. Corremos em ziguezague, em pistas destruídas, e pegamos longos desvios. Estávamos com medo, estávamos com fome, estávamos com sede. Em várias ocasiões, quase nos deparamos com tropas que circulavam em veículos blindados. E então, finalmente, no fim do inferno, o posto fronteiriço. Cinco dias para chegar ao outro lado, reencontrar a liberdade! No exílio, a poucos quilômetros de nossa terra. Tivemos uma vida transitória até o fim do conflito.

Minha noiva, por sua vez, me contou que sua família havia escolhido, no auge da guerra, se esconder na parte de trás do jardim. Seu pai tinha cavado um grande buraco, um pouco como um *bunker*. À noite eles dormiam ali, depois de ter fechado a abertura com um telhado de gravetos.

Quando a paz foi declarada, felizes, nos dedicamos a reconstruir o país.

Tenho medo da morte, mas mais ainda de perder aquela que amo. Aquela que me devolveu a vontade de viver.

O resultado do meu novo teste deu negativo, vou ter que sair em breve, ir para casa. Temo a separação. Embora eu não esteja com ela, pelo menos não estou longe. Volto para a barreira. Espero. Um enfermeiro vem me ver e me diz, abaixando a cabeça: sinto muito pela sua noiva...

Meu último poema não é realmente um poema. Mas é o único que eu mesmo escrevi. Eu o quis, como um grito dado aos céus.

*Dor*
*Batimentos, pulsações*
*Latejamentos*
*Fulgurante*

*Dor*
*Fria, candente*
*Ácida, amarga*
*Dilaceração*

*Dor*
*Candente, ardente*
*Opressiva, obsessiva*
*Cega*
*Surda*

*Dor*
*Relâmpago, fulminante*
*De sofrer, de morrer*
*Cruel*

# XIII

*O conhecimento não tem fronteiras, não tem cor, não tem odor.*

Sou aquele pesquisador congolês que descobriu o vírus Ebola em seu próprio país. Quando nada se sabia sobre a doença, fui até ao local onde foi declarada a primeira epidemia, em 1976. Coletei várias amostras do sangue de uma doente e fui a um laboratório na Bélgica para tentar identificar o novo vírus. Pude vê-lo no meu microscópio: longo, fibroso, enrolado e terrivelmente elegante.

Dediquei-me a analisar todas as suas facetas para encontrar a melhor maneira de contê-lo. Minhas pesquisas, dizem os cientistas, tornaram possível colocar em prática "as premissas de uma soroterapia antiebola atualmente em desenvolvimento".

Até hoje conduzo minha batalha titânica em um instituto de pesquisa em Kinshasa.

Precisamos de ferramentas para combater o Ebola de forma eficaz, detê-lo, aprender a não perder mais tempo se ele voltar. Uma primeira vacina contra o Ebola já está sendo testada. Outras estão em fase de elaboração. Mas pesquisas mais complexas ainda são necessárias. Cientistas, em colaboração com instituições internacionais de saúde e governos locais, desenvolveram soros experimentais que oferecem grandes promessas. No entanto, as empresas farmacêuticas querem garantir que haja um mercado, ou seja, dinheiro a ser ganho com a pesquisa e o desenvolvimento de todos esses métodos científicos. Diferentes epidemias ocorrem constantemente em uma parte do mundo ou em outra. Quais são as pesquisas mais promissoras? Alguns trabalhos sobre vacinas nunca chegam ao estágio crucial da experimentação, por razões financeiras. Somos capazes de impedir o ressurgimento do Ebola, mas será que isso realmente interessa à humanidade?

Ora, respondem outros cientistas, enquanto aguardamos as vacinas, estamos, de qualquer forma, mais bem preparados para a eventualidade de outra epidemia. Há mais vigilância, os laboratórios são mais eficientes, a população está mais bem informada. Atualmente, as equipes médicas percorrem regiões em busca de quaisquer sinais de ressurgimento, prontas para intervir. Os governos aprenderam a colaborar melhor e a compartilhar informações. Se ocorrerem casos de Ebola, eles podem ser circunscritos rapidamente. Um punhado de mortes, nada mais.

É o que aprendemos e é o que queremos reter.

Ainda assim, muitos profissionais da saúde foram vítimas da epidemia. Consequentemente, há poucos deles. É preciso que mais profissionais sejam formados. São eles que devem ser protegidos primeiro. Senão, como podem fazer seu trabalho? É preciso lhes ensinar a detectar muito rapidamente os casos de infecção, a classificá-los e a lidar com eles de forma segura. Sem seu comprometimento, o sistema entra em colapso.

Por sua vez, os zoólogos anunciam ter descoberto um fenômeno que aumenta em dez vezes a catástrofe representada pelo Ebola. Antes de uma epidemia irromper em uma região florestal, o vírus deixa vestígios macabros na natureza. Ataca antílopes, veados e roedores, e em particular grandes primatas, como chimpanzés, que abate com uma raiva fulminante. Centenas de carcaças de animais vão parar entre as árvores e no tapete de húmus, onde caem, derrubados pela doença. Quando os aldeões notam um número incomum de cadáveres de animais selvagens, já sabem que devem advertir imediatamente as autoridades locais, pois isso significa que uma epidemia de Ebola está se preparando para atingir os homens.

Dizem que sou um especialista, um homem que fez da ciência a sua verdade. Mas entendi uma coisa: a razão científica não pode atender a todas as necessidades humanas. No combate contra o Ebola, os homens continuam a ser os mais importantes. Eles são os agentes de sua própria cura, de sua própria proteção.

E, nessa corrida contra o tempo, os ancestrais também têm uma palavra a dizer. São eles os protetores, os grandes aliados dos vivos. O hospital é um fracasso. Uma condenação de morte desagradável e anônima, sem compaixão, sem alma. Um lugar onde os pobres acabam seus miseráveis dias dentro de edifícios em ruínas.

Em aldeias e em alguns bairros da cidade, o curandeiro tem um conhecimento ancestral. Suas palavras tranquilizadoras e seus gestos rituais são nutridos de um passado que se recusa a ceder. Importante rival. Aqueles que desprezam sua autoridade estão condenados ao erro.

Para os sábios da medicina tradicional, não se trata apenas de plantas e vegetais. Mas de toda uma concepção de mundo que se expressa, um modo de viver com a fauna e a flora. Àquele ou àquela que vai consultá-lo, o curandeiro diz uma das quatro frases seguintes:

É uma doença que conheço e que posso curar.

É uma doença que conheço, mas que não posso curar.

É uma doença que não conheço, mas que posso curar.

É uma doença que não conheço e que não posso curar.

Aí, nesse exato momento, tudo pode mudar. A história pode ser reescrita, as mentalidades podem evoluir. A cooperação pode começar.

No início da batalha contra o Ebola, os curandeiros foram ignorados. Pelos poderes públicos. Pelas ONGs. Pelos profissionais de saúde. Considerados ignorantes e incompetentes perante a doença, foram acusados de agravar as coisas. No entanto, apesar de todos os esforços dos cientistas, a doença continuou a avançar. O que fazer? As autoridades entenderam que tinham de reconsiderar sua estratégia; aproximar-se o máximo que podiam do povo. Mas os curandeiros compartilham de suas vidas diariamente, de seu ambiente, de suas preocupações. Podem percorrer quilômetros para tratar um doente e, quando chegam à cabeceira de seu leito, é à cabeça e ao corpo que se dirigem.

Então fazem bem em chamá-los!

Pois sua medicina é conhecida pela grande maioria.

É de fácil acesso.

Não é cara.

Faz parte de sua cultura.

Inspira confiança, reconforta.

Todas as qualidades que a medicina química perdeu, ou que nunca conseguiu ter, na África.

Fizeram com que os curandeiros entendessem o que era o Ebola para que, por sua vez, pudessem explicar e educar. Foi assim que conseguiram convencer seus pacientes a ir e receber tratamento "onde a doença é conhecida".

Entendam-me, sou um homem da ciência, procuro a eficácia de todo o conhecimento. Só temos uma vida, ela se passa na Terra. Nenhuma outra nos é oferecida. Nossos pensamentos, nossas palavras e ações são capazes de reconstruir o mundo. Fiz disso minha convicção, minha religião, minha razão de ser. Acredito na existência de uma energia pura.

Cada ser humano é um universo.

O homem é água, oxigênio, carbono, hidrogênio, nitrogênio, cálcio, fósforo, potássio, enxofre, sódio, cloro, ferro, magnésio, zinco, manganês, cobre, iodo, cobalto, níquel, alumínio, chumbo, estanho, titânio, flúor, bromo, arsênio.

Os átomos do corpo vêm do coração das estrelas.

Sim, do coração das estrelas!

No centro das estrelas são formados quase todos os átomos do universo. Fornalha. Fusão. Os astrônomos dizem que as estrelas brilham por bilhões de anos, produzindo bilhões de átomos em seus ventres em ebulição. Então, um dia, as estrelas morrem. Os átomos que as compõem se espalham no espaço e criam os metais, os minerais, a água e os seres vivos.

Para se recompor, o organismo deve fabricar, todos os dias, matéria orgânica. Mas um corpo humano não sabe como fazê-lo. Somente as plantas conseguem produzir oxigênio e criar moléculas orgânicas a partir de matéria inorgânica. Os animais também não sabem fabricar matéria orgânica. Então comem plantas ou, se carnívoros, devoram animais que se alimentam de plantas. Nós somos iguais. Precisamos de plantas. Comemos animais.

As estrelas, os oceanos, as plantas e os animais estão dentro do nosso corpo.

O universo não está fora de nós. Ele está em nós.

Nós somos o universo.

Mas, de toda essa beleza incomensurável, desse enigma infinito, o que resta?

# NAS PROFUNDEZAS DA FLORESTA

# XIV

*A voz glacial do Ebola dá um tapa na manhã nascente.*

Está bem, tudo é muito bonito, muito bom. Mas não é de mim que os homens devem ter mais medo. Deveriam ter medo de si mesmos!

Sou um vírus milenar. Pertenço à grande família dos Filoviridae. Faz só uns quarenta anos que me conhecem, mas existo há muito tempo nesta floresta extraordinária chamada primária, onde tudo permaneceu da forma que estava, como em um tempo imutável.

Tenho cinco irmãos: Ebola Zaire, o mais virulento de nós; Ebola Sudão, que se aproxima muito dele; Ebola Costa do Marfim, muito discreto, conhecido pelos homens apenas em 1994, a partir de um único doente que não morreu; Ebola Bundibugyo, que vive na Uganda; e, finalmente, o Ebola Reston, que se instalou na Ásia, onde ainda não mostrou seu poder.

Não gosto de viajar. Prefiro ficar nas profundezas intocadas da selva, onde sou mais feliz. Exceto quando alguém vem me incomodar. Exceto quando alguém vem incomodar meu hospedeiro. Porque, quando saio bruscamente do sono, vou de um animal a outro. Escolho geralmente grandes macacos, gorilas ou chimpanzés, mas também antílopes, que os homens apreciam. Todos os animais da floresta se conhecem. Eles se reúnem nos mesmos lugares. Ao redor dos pontos de água, sob as árvores frutíferas onde moram os morcegos. Já se sabe o que vem depois. Um homem profana a natureza, atira e mata um animal. Desmembra a carcaça. Com sangue nas mãos. Sangue fresco nas mãos. Sangue vermelho nas mãos. Coloca o animal sobre os ombros e o leva à aldeia. Não sabe que já estou no seu corpo. Que agora estarei em sua família. Em seu clã. Primeiro eu avanço às caladas, lentamente, indo até a apoteose, o fogo, as chamas.

Não fui eu quem mudou. Foram os homens que mudaram de direção. A vida que levam hoje não é mais a de seus antepassados. Eles ficaram mais exigentes, ávidos e predatórios. Suas vontades não têm limites.

Ignoro totalmente suas crenças. Não sou regido por nenhuma lei. Só estou aqui para existir. Eu sou eu, ponto final. Um organismo que precisa se reproduzir. Sem compromisso. Sem negociação. Estou vivo e farei qualquer coisa para continuar vivo. Só preciso me alimentar e me defender. Um punhado de carne me convém. Um receptáculo qualquer, seja ele um animal ou uma criatura humana. Não sou nem bom nem mau. Tal julgamento não faz sentido. Sou como uma planta que cresce, como uma aranha que devora.

O que os homens não entenderam é que eles não estão dentre as minhas preferências. Eles morrem muito rápido, ficam muito mal. Não servem aos meus objetivos. Se cruzarem o meu caminho, por que não? Caso contrário, não vou buscá-los. São eles que vêm a mim.

Nós, os vírus, conseguimos conquistar o planeta. Estamos nos oceanos, no ar. Estamos em todo lugar. Nós nos reinventamos, aceleramos nossas mutações, operamos nossas multiplicações. Os homens não conseguem nos compreender. Os antibióticos, seu grande orgulho, não têm efeito algum sobre nós. Podemos atravessar fronteiras e continentes à vontade. Matamos micróbios e bactérias aos milhares. E, mesmo assim, ninguém pensará em nos agradecer por essa ajuda; então, de que adianta?

Se eu pudesse escolher, cortaria as asas dos homens para impedi-los de voar. Eles rastejariam na poeira e entenderiam melhor a vida.

Ninguém pode me vencer. Ninguém pode me eliminar. Se recuo, é apenas uma retirada tática. Quando uma nova oportunidade surgir, voltarei. Os maiores especialistas do mundo tentaram, mas ainda não conseguiram decifrar meu código. Sou uma equação impossível de ser resolvida. Quando entro em um corpo, recorro aos canais sanguíneos para invadir os órgãos vitais: o fígado, o baço, o pâncreas, os pulmões, os rins, a glândula tireoide, a pele e o cérebro. Em poucos dias, tomo posse total da minha presa. Em poucos dias, consigo superar todos os míseros obstáculos que aparecem no meu caminho!

Os homens se apiedam de sua sorte, mas não são melhores que eu. Não estão na posição de ensinar algo a alguém. Devem, sim, encarar o mal deliberado que infligiram e continuam a infligir a si mesmos desde os primórdios de sua existência.

Sua natureza é mais destrutiva que a minha. No entanto, conscientemente, se recusam a admiti-lo. Preferem se embalar em ilusões, acreditar que são superiores às outras criaturas da Terra. Dominadores, tiranos do planeta, seu poder é absoluto. A arrogância fez com que esquecessem todos os limites. Pior, matam uns aos outros impiedosamente, e inventam, todos os dias, maneiras um pouco mais cruéis de causar sofrimentos e matar. Novas razões para ir à guerra.

Sabe qual é a minha música favorita, Baobá? *Ancien combatant (Antigo combatente)*, de Zao. Ela ilustra, melhor do que qualquer discurso, o grotesco dos homens e sua doença incurável de destruição. Por meio do absurdo, o músico mostra que entendeu tudo. Posso recitar a letra de cabeça:

*Marcar passo, um, dois*
*Antigo combatente*
*Mundasukiri*
*Marcar passo, um, dois*
*Antigo combatente*
*Mundasukiri*
*A guerra mundial*
*Não é limpa, não é bonita*
*A guerra mundial*
*Não é limpa, não é bonita*
*Quando a guerra mundial chegar*
*Todo mundo cadaverado*
*Quando a guerra mundial chegar*
*Todo mundo cadaverado*
*Quando a bala assobia, não se pode escolher*
*Se você não dançar logo o changui, meu querido, ó!*
*Cadaverado*
*Com o golpe de um porrete*
*De repente, pumba, cadaverado*

*Sua esposa cadaverada*
*Sua mãe cadaverada*
*Seu avô cadaverado*
*Seu pai cadaverado*
*Seus filhos cadaverados*
*Os reis cadaverados*

*As rainhas cadaveradas*
*Os imperadores cadaverados*
*Todos os presidentes cadaverados*
*Os ministros cadaverados*
*Os guarda-costas cadaverados*
*Os motoqueiros cadaverados*
*Os militares cadaverados*
*Os civis cadaverados*
*Os policiais civis cadaverados*
*Os policiais militares cadaverados*
*Os trabalhadores cadaverados*
*Os desempregados cadaverados*
*Sua amada cadaverada*
*Sua primeira amante cadaverada*
*Sua segunda amante cadaverada*
*A cerveja cadaverada*
*O champanhe cadaverado*
*O whisky cadaverado*
*O vinho tinto cadaverado*
*O vinho de palma cadaverado*
*Os encachaçados cadaverados*
*Music lovers cadaverados*
*Todo mundo cadaverado*
*Eu mesmo cadaverado*

*Marcar passo, e um, dois*
*Antigo combatente*
*Mundasukiri*
*Marcar passo, e um, dois*
*Antigo combatente*
*Mundasukiri*[6]

---

[6] Zao (autor, cantor e compositor congolês), *Ancien combatant*, Celluloïd, 1984. [N.d.A.]

Os homens precisam saber: eles não são bons e nunca foram bons. Desde sempre! Que eles enfiem isso na cabeça. São imperfeitos e incompletos. Mortais. Tudo apodrece. Tudo desmorona. Tudo se funde no solo. Às vezes, seu Deus joga na terra um punhado de esperanças e logo volta para dormir nas trevas incandescentes. A ferida do firmamento, a água tumultuada, o vento ardente, o engolfamento das ondas, seu Deus os observa à distância. Ele os faz sofrer em Si. Fora de Si.

Não acredita em mim, Baobá? Está acenando com o cimo de sua folhagem?

Saiba que, com eles, depois da barbárie vem o horror. Mesmo quando se proclamam justiceiros para uma boa causa, eles têm as mãos sujas. A verdade é que não lutam por um ideal. Não matam para levar a felicidade a todos, não, a desumanidade de alguns simplesmente justifica a selvageria de outros. Que eles se massacrem com cacetadas, facadas, lanças, flechas ou machados, como antigamente, ou com metralhadoras, granadas, obus, bombas e armas químicas, o resultado é sempre o mesmo: atrocidades, massacres e genocídios. Onde e quando vão parar? Quanto tempo ainda levará para que os homens retomem um pouco de bom senso?

---

Versão original: Marquer le pas, un, deux / Ancien combattant / Mundasukiri / Marquer le pas, un, deux / Ancien combattant / Mundasukiri / La guerre mondiaux / Ce n'est pas propre, ce n'est pas beau / La guerre mondiaux / Ce n'est pas propre, ce n'est pas beau / Quand viendra la guerre mondiaux / Tout le monde cadavéré / Quand viendra la guerre mondiaux / Tout le monde cadavéré / Quand la balle siffle, il n'y a pas de choisir / Si tu ne fais pas vite changui, mon chéri, ho ! / Cadavéré / Avec le coup de matraque / Tout à coup, patatras, cadavéré / Ta femme cadavéré / Ta mère cadavéré / Ton grand-père cadavéré / Ton père cadavéré / Tes enfants cadavéré / Les rois cadavéré / Les reines cadavéré / Les empereurs cadavéré / Tous les présidents cadavéré / Les ministres cadavéré / Les gardes du corps cadavéré / Les motards cadavéré / Les militaires cadavéré / Les civils cadavéré / Les policiers cadavéré / Les gendarmes cadavéré / Les travailleurs cadavéré / Les chômeurs cadavéré / Ta chérie cadavéré / Ton premier bureau cadavéré / Ton deuxième bureau cadavéré / La bière cadavéré / Le champagne cadavéré / Le whisky cadavéré / Le vin rouge cadavéré / Le vin de palme cadavéré / Les soûlards cadavéré / Music lovers cadavéré / Tout le monde cadavéré / Moi-même cadavéré / Marquer le pas, et un, deux / Ancien combattant / Mundasukiri / Marquer le pas, et un, deux / Ancien combattant / Mundasukiri.

Observações: 1. "Cadavéré" é uma expressão criada e usada em alguns países da África francófona cujo significado é "transformado em cadáver"; assim, o adjetivo "cadaverado" é um neologismo criado pela tradutora. 2. O termo da língua swahili "Mundasukiri" significa "não se preocupe". [N.d.T.]

Quer que eu pare, Baobá?

Não, não acabou. É preciso acrescentar que, no ódio que sentem por si mesmos, não há diferença de raça, gênero, religião, credo, nível educacional ou desenvolvimento econômico; um dia voltam a se matar. Eles mesmos não conseguem entender que a barbárie habita suas almas e espalha o terror nos quatro cantos do mundo. Sempre são pegos de surpresa.

Vejo que suas folhas tremem, Baobá, que seu tronco desbota. Suplico, não se refugie na negação!

Em suas muitas guerras, não busco saber quem está certo ou errado, constato apenas o alcance de sua capacidade de autodestruição.

Eu poderia continuar, mas prefiro parar por aqui, já disse o bastante.

Acredite em mim, Baobá, se os homens aceitassem reconhecer seu lado intrinsecamente sombrio, aprenderiam a controlar melhor seus impulsos destrutivos em vez de se deixarem controlar por eles. Deveriam se analisar friamente e procurar maneiras eficazes de parar a carnificina. Deveriam abandonar suas ideias absurdas de fraternidade e solidariedade, que ridicularizam desavergonhadamente, e ser mais realistas.

Os homens chegam a me afligir de tanto que incitam sua própria ruína. Em breve, não terei mais nada a fazer. Os seres humanos deveriam ter o mínimo de poder possível. Sem reis, sem príncipes, sem chefes de Estado, sem políticos, mas meros indivíduos enfrentando seu destino. Pois as formas de governo, que deveriam restaurar a ordem, alimentam o caos. São verdadeiras máfias regidas por ricos que monopolizam bens e recursos.

Para dizer a verdade, temo uma única coisa: ver os homens

contrariarem sua natureza nefasta e ajudarem uns aos outros. Porque não foi a ciência ou o dinheiro que me fizeram recuar quando eu estava alcançando meu objetivo. Não, foram as pessoas comuns que, pouco a pouco, entenderam que seriam mais fortes se pensassem juntas, trabalhassem juntas, lutassem juntas, para além de seus interesses imediatos e de suas dores pessoais. Elas me surpreenderam. Foi nessa hora que eu tive de renunciar e aceitar minha derrota. Entendi que seu poder se manifestava quando elas se uniam.

Talvez os homens tenham medo de mim porque eu lembro a eles de como a vida é frágil e efêmera. O acaso está inscrito em seus genes. Eles nasceram do acaso que a existência cultiva.

E, aliás, devem saber que não sou o único que tem o poder de destruí-los.

Um cataclismo poderia destruir a Terra mais rapidamente do que eu. A Terra poderia colidir com outro planeta, ser engolida por um buraco negro ou bombardeada por asteroides.

Há, é claro, a ameaça de uma guerra atômica entre países "civilizados", cuja magnitude seria capaz de varrer a vida. A menos que os extraterrestres destruam os terráqueos primeiro. Se escaparem de tudo isso, o Sol não os deixará ilesos. Pois ele mesmo está condenado a morrer. Antes de se apagar, brilhará com todas as suas flamas. Um calor intolerável crescerá, a água será rara. O sangue da Terra fluirá para a atmosfera. O globo se esvaziará, tornar-se-á uma fruta sem seiva, uma concha vazia.

Então o astro real se transformará em uma massa fria e indiferente que se dissolverá gradualmente no espaço. E o universo esquecerá que um dia um Sol borbulhando de energia reinou supremo na Terra.

# XV

*A voz do Morcego se opõe à do Ebola.*

Não estou ligado ao Ebola por nenhuma obrigação, exceto a de preservar o bem-estar da natureza. Em primeiro lugar, a verdade deve ser repetida: não sou responsável por esta tragédia. Tudo isso aconteceu contra a minha vontade. Não desejo mal a ninguém.

Morcego, meio mamífero, meio ave, garras e boca de raposa, asas translúcidas, lamento uma única coisa: ter deixado o Ebola escapar do meu ventre. Ele dormia em mim antes que os homens viessem para estragar o esplendor da floresta. Eu tinha lhe dado o calor do meu sangue. Eu tinha lhe dado a multidão da minha espécie. Somos criaturas tímidas, mas acolhedoras, comedoras de frutas maduras ou insetos, pacifistas, e dormimos com a cabeça para baixo e as pernas penduradas nos galhos das árvores.

Na maioria das vezes, prefiro ficar com meus congêneres, me encostar contra sua pelagem macia e quente, sentir o cheiro da colônia. Nossos gritos, tal como guinchos, impregnam a atmosfera quando voamos ao anoitecer.

Morcego, meio mamífero, meio ave, garras e boca de raposa, asas translúcidas, lamento uma única coisa: ter deixado o Ebola escapar do meu ventre. Antes de atacar os homens, atacou os macacos, amigos da floresta, como se quisesse testar seu poder. Eu, que os conheço bem, porque somos vizinhos e, às vezes, compartilhamos as mesmas árvores, vi seu número cair a um ritmo vertiginoso. No entanto, a única coisa que querem é viver entre si. Quando não é o Ebola que os ataca, são os homens que os caçam por sua carne ou para vendê-los a laboratórios, circos ou zoológicos. Vi macacos serem mortos tentando proteger um dos seus. As fêmeas se sacrificam para tentar salvar os pequenos. Elas os criam por vários anos e são muito apegadas a eles. À noite, os macacos vão dormir no alto de uma árvore. Eles gostam de frutas, como nós, com folhas macias e flores suculentas e, de vez em quando, comem pequenos animais. Sua linguagem é constituída de gritos e caretas. Como plantadores, dispersam sementes no solo e renovam a floresta.

Tenho medo por eles, porque perderam muito. Estão cercados por todos os lados.

A culpa é minha se o Ebola deixou meu ventre para espalhar o terror entre os homens e os animais? O que eu podia fazer? Eu achava que tínhamos um acordo, que ele estava satisfeito.

E eis que agora sou demonizado.

Não, não chupo sangue humano! Não, não sou maléfico! Não, não sou um espírito errante! Não, não sou um símbolo de morte e doenças!

Sou uma criatura de bom agouro, que faz parte da natureza como todas as outras.

Porque nasci do amor.

Vou lhe contar a história de minhas origens.

Nasci em uma noite profunda, em uma bela floresta no alto de uma árvore acolhedora. Minha mãe era da família das aves, uma pomba com penas cinza-acastanhadas e um bico de uma grande fineza. Sua beleza era lendária; seu arrulho, uma verdadeira melodia.

Uma raposa selvagem rondava em busca de carne fresca. Ela

devorava os esquilos terrícolas, as lebres, os veados e até mesmo os pássaros que cometiam o erro de descer ao solo. Esse foi o caso de minha mãe, que estava puxando uma minhoca quando se viu cara a cara com a raposa. Esta abriu a boca, preparando-se para morder seus ossos quando seus olhos se cruzaram. Foi amor à primeira vista. A raposa ficou deslumbrada com a plumagem da pomba, brilhando sob a luz cristalina que atravessava a folhagem das árvores e pousava sobre os dois animais. Quanto à minha mãe, o pelo ocre e espesso da raposa e seus olhos penetrantes, nos quais ela podia ler a dureza e também a grande tristeza, a mergulharam em uma desordem maravilhosa.

Esse amor improvável nasceu assim, desdenhando as diferenças e o escândalo que certamente agitaria a comunidade animalesca. Minha mãe me contou que eles encontraram refúgio entre as raízes de uma árvore conquistada para a sua causa. Meu pai estava tão enamorado que não caçava mais. Ele tinha encontrado a felicidade, algo que almejava desesperadamente conhecer um dia.

Na hora do meu nascimento, minha mãe subiu ao cimo da árvore para me trazer ao mundo. Foi assim que nasci, morcego, meio mamífero e meio ave, garras e boca de raposa, asas translúcidas.[7]

Sim, sou híbrido, e tenho orgulho disso. Somos todos híbridos. Animal humano, homem animal. Temos todos uma face clara e uma face escura. Nossa vida não é uma linha reta. Ela parte em ziguezague, faz desvios, dá voltas e, às vezes, finalmente encontra sua direção. Milhões de formas de vida apareceram e desapareceram ao longo dos tempos. É preciso ser múltiplo para se adaptar, e não seco como a pedra, seco na mente e no corpo. Saber esposar o

---

[7] Narração inspirada na fábula de Amadou Hampathé Bâ sobre a origem do morcego. [N.d.A.]

imprevisível. É o que o universo prova, todos os dias, por meio da multiplicidade dos planetas cósmicos, da variedade das criaturas terrenas e da infinita possibilidade dos destinos.

Infelizmente, os homens ainda sonham com uma pureza irreal, uma unidade que nunca existiu. É por isso que alguns deles buscam incansavelmente um poder superior por meio da ciência. "Na verdade", dizem eles, "construímos mais do que destruímos. Salvamos mais vidas do que matamos. Encontramos remédios que curam e vacinas que protegem. As novas tecnologias resolverão nossos problemas, as inovações reduzirão a fome e a guerra no mundo. Hoje, estamos todos ligados pela fibra óptica que atravessa o planeta em todas as direções. E até a natureza se beneficiará de nossas descobertas. Não precisamos mais de braços para realizar uma tarefa, as máquinas nos servirão. Não precisamos mais esgotar nossos recursos naturais, outras energias estarão disponíveis. Encontraremos maneiras de purificar as águas poluídas, limpar o ar que respiramos, parar o derretimento do gelo, a subida dos mares. Podemos fazer isso". Isso é o que os homens pensam. Eu realmente quero acreditar neles. Eles detêm a bela fala. Sabem sonhar, criar. Graças ao desejo de alcançar a perfeição.

Mas eu sei que nada disso acontecerá, a menos que aprendam a compartilhar entre si, entre nós, entre as criaturas que nascerão.

Os seres humanos nunca serão "semideuses". Como as árvores, eles têm raízes que mergulham nas profundezas. Como os mamíferos, têm sangue quente. Seu corpo define sua longevidade e, por fim, desaparece, libertando-os do sofrimento de viver.

Os homens deveriam tomar consciência de seu pertencimento ao mundo, de sua relação com todas as outras criaturas, pequenas ou grandes. Em vez de querer ser superiores à sua condição terrena. Em vez de tentar ocultar a presença da morte, com invenções cada vez mais sofisticadas. Em vez de esconder de si o sofrimento da vida, deveriam aprender a se preparar para ele e aceitar a pura alegria de estar no mundo.

De uma vez por todas, conscientizar-se do perigo que representam para a sua própria espécie e toda a biosfera e usar sua notável inteligência para evitar o fim do mundo.

Colonizar o espaço com seus grandes foguetes não será uma tábua de salvação para os homens. Pois, se não aprenderam a viver aqui, como poderão viver no Além distante?

# A EPIDEMIA FOI ERRADICADA

# XVI

*A Árvore das palavras.*

Eu, Baobá, sou a árvore primeira, a árvore eterna, a árvore símbolo. Meu cimo toca o céu e oferece uma sombra fresca ao mundo. Procuro a luz suave, que traz a vida. Para que ela esclareça a humanidade, ilumine a penumbra e alivie a angústia.

Ouvi a voz do Ebola, não responderei à sua maldade. Ele não entende os homens e considera apenas seus defeitos, para assim absolver a si mesmo.

Ouvi a voz do Morcego. Concordo com ele. E acrescento que os homens devem assinar um pacto de entendimento com a natureza. Devemos viver juntos e preservar o bem-estar do planeta.

Tudo foi dito. Tudo ainda está por dizer.

Mas, agora, esqueçamos tudo isso, chegou a hora da celebração. Em todos os corações, o alívio flui como mel na boca de um caçador perdido na floresta.

O Ebola foi embora! O Ebola foi embora!

A epidemia foi oficialmente erradicada. O anúncio solene foi feito pelo presidente do país. As autoridades de saúde pública o repetiram. A Organização Mundial de Saúde o confirmou. Para celebrar o triunfo, um trecho de música passa, repetidamente, na rádio nacional: *Bye Bye Ebola*. O milagre de finalmente estarmos livres: *"Ninguém quer te ver crescer [ ... ]. Obrigado, Deus, acabou [ ... ]. Agora, veja-me dançar o Azonto!"*[8]

Descubro que a música dá a volta ao mundo. Na televisão, pode-se ver o presidente em seu grande escritório, fazendo o V de vitória. Há médicos vestidos com macacão de cosmonauta, enfermeiras com trajes azuis, militares com fardas, estudantes com uniformes e comerciantes diante de suas vitrines, todos bamboleando, rodopiando, saltando e batendo palmas, nos passos do *Azonto*. Às vezes param e dão apertos de mão, rindo, um gesto simples que era proibido quando a epidemia destruía tudo. Vão poder beijar de novo. Vão poder se abraçar e se tocar.

Acabou! Acabou!

No centro da capital, milhares de pessoas se reúnem para celebrar o fim da epidemia. Cenas de felicidade intensa. Comemorações. Velas acesas. Fogos de artifício. A multidão invade as ruas, dançando e dando gritos de alegria. Canta e chora de emoção.

Nos bares, a cerveja flui profusamente, a música é ensurdecedora. Mulheres balançam ao ritmo das notas lânguidas, luzes artificiais piscam em suas silhuetas. Elas usam vestidos colados ao corpo e sapatos de salto alto. Os clientes brindam à derrota do Ebola. Há algo de desesperado no desejo de esquecer e se divertir a todo custo. Preveem a volta dos investidores ao país, do fim da recessão econômica e do início das grandes obras públicas. Acreditam terem provado sua coragem, demonstrado sua determinação para superar os maiores obstáculos. Erguem os copos, aliviados: "Podemos

---

[8] Block Jones (rapper de Serra Leoa). Versão original: *"Nobody wanna see you rise [ ... ]. Thank God that it's over [ ... ]. Now watch me do Azonto!"*. *Azonto* é uma dança oriunda do Gana. [N.d.T.]

respirar agora, vamos finalmente poder pensar em outra coisa. A morte passou perto de nós, mas sobrevivemos! *Bye bye*, Ebola!"

Nos confins do país, a vida também foi retomada. Na minha aldeia, os homens voltaram aos seus lugares, à sombra da minha folhagem. Sob meu olhar protetor, descansam em esteiras coloridas. Há pouco compartilharam uma refeição que prepararam juntos. Mergulhando as mãos em grandes pratos, apreciaram bolinhos de arroz e alguns pedaços de carne.

Crianças agarradas às mães mamam em seus seios. Cabritos se aproximam para observar a cena da volta ao normal. Escuto as palavras dos aldeões. Uma senhora idosa se levanta. Suas tranças são de um cinza muito suave e caem sobre seus ombros. Pode-se ler a inquietação em seus olhos, mas um sorriso ainda se desenha em seu rosto. Ela se dirige aos companheiros: "A paz está conosco, mas precisamos continuar a ser prudentes. Morremos várias vezes, precisamos respeitar a vida".

A ternura, de repente, me invade. Reconheço os sobreviventes, choro os mortos com eles.

Ao anoitecer, os músicos saem. Os poetas começam a salmodiar as conquistas dos heróis da luta.

Amanhã, os homens voltarão às suas atividades. Aos campos desertados que os aguardam. Aos rebanhos que mugem em seus cercados. Aos celeiros que pretendem abrigar as sementes das próximas estações.

E eu, eu fico sozinho à noite.

Vejo a lua finamente desenhada em uma abóbada coberta de estrelas. Ouço as árvores crescendo ali, na floresta. Dos brotos jovens, ela renascerá.

A roda da infelicidade e da felicidade nunca deixa de girar. A alegria já carrega consigo a tristeza do desgaste. Do desastre pode surgir a tenacidade de uma renovação. Tudo acontece lá embaixo, tudo acontece debaixo da terra. Darei aos arbustos o suco das minhas raízes.

E o destino dos homens se unirá ao nosso.

Em 21 de março de 2014, a epidemia de Ebola foi declarada na Guiné.

Em 31 de março de 2014, a epidemia de Ebola foi declarada na Libéria.

Em 26 de maio de 2014, a epidemia de Ebola foi declarada em Serra Leoa.

Em março de 2016, a epidemia foi oficialmente erradicada.

Balanço: 28.646 pessoas infectadas e 11.323 mortos (dados que provavelmente não incluem as vítimas indiretas).

# NOTA DA AUTORA

Agradeço aos cientistas, profissionais da saúde, ONGs, jornalistas, acadêmicos, organizações internacionais, doadores, voluntários e sobreviventes que contribuíram com a divulgação da epidemia de Ebola.

No processo de escrita, tentei traçar paralelos e estabelecer relações entre os três países afetados, visando criar um território sem fronteiras. Tive como principal fonte de inspiração a coragem e a abnegação de todos que se comprometeram na luta contra o vírus.

Esta obra foi composta em Arno pro light 13 para a Editora Malê
e impressa na RENOVAGRAF em São Paulo em agosto de 2022.